Yuki & Morita
「捜査一課の色恋沙汰」

# 捜査一課の色恋沙汰

捜査一課のから騒ぎ2

愁堂れな

キャラ文庫

この作品はフィクションです。
実在の人物・団体・事件などにはいっさい関係ありません。

目次

口絵・本文イラスト／相葉キョウコ

1

「それじゃ、俺、先行くわ」

自分の食べた食器をキッチンのシンクへと運んだ森田《もりた》が、ぼそりとそう声をかけ、ダイニングを出ていく。

「行ってらっしゃい」

その背に声をかけた僕は、その森田が作ってくれた朝食を食べはじめたばかりだった。

時計を見るとまだ七時半で、いつも森田が出かける時間より随分早い。そうも早く出勤する理由は一つも思い当たらないから、おそらく僕と一緒に家を出るのを避けたんだろう。

三ヶ月ほど前にとある事情から僕、結城醒一《ゆうきせいいち》と森田祐貴《ゆうき》は同居をはじめることになった。その際、家事分担を決めたのだが、食事の支度は森田の管轄で、後片付けは僕の担当となっている。

いつもは僕が洗い物を終えるのを森田は待っていてくれ、八時前に一緒に出勤する。僕らは職場も同じ警視庁捜査一課で、年齢も同じ、かつ同期であり、所属部署も一緒の八係、その上仕事上ではペアを組んでいるのだった。

仲の良さが高じて同居することになった——というわけではないのだが、今現在、僕らの関係はいわゆる『同僚』でも『友人』でもなく、それ以上、といってもいいものになっていた。

何を『以上』で何を『以下』とするかは個々人によって判断が違うであろうからぶっちゃけると、要は僕と森田は世間で言う『恋人同士』なのだ。

男同士なのに、と驚かれるだろうが、森田とそういう関係になって一番驚いているのは僕だった。

もともと同期かつ同僚だった森田をどちらかというと苦手としており、付き合いらしい付き合いをしてこなかったのだが、とあるハプニングで同居せざるを得なくなってから彼の人となりを知り、どうやら自分が彼という人物を勘違いしていることに気づいた。

彼と同居にいたった『とあるハプニング』を少々長くなるが説明する。

中学時代からの僕の親友、木村陽大《きむらはると》が結婚を機に、ここ、新大久保《しんおおくぼ》にあるマンションからの引っ越しを考えていた。このマンション、駅近で設備も最新鋭ではあるが、若い女性が夜道を一人で歩くのは物騒と言わざるを得ない治安の悪い場所に建っているためだ。

立地の悪さがたたってか、なかなか借り手が見つからないと困っていたので、それなら僕が、と手を上げた。

それまで僕は警察の寮に住んでいたため、勤め先の警視庁からも遠く、そして家賃も高くなるこのマンションへの引っ越しはデメリットしかなかったが、陽大のためなら、と喜んで手を上げたのだ。

それは友情から――ではなく『愛情』からだった。誰にも、そう、陽大本人にすら打ち明けたことはなかったが、僕は彼に長年恋愛感情を抱いていたのである。

陽大の結婚式はハワイで行われ、僕は彼の友人代表として、身内以外でただ一人参列したのだが、さすがに好きな人の花婿姿は精神的にこたえた。まさにハートブレイク真っ最中、マンションへと帰ってくると、なんとそこに森田が既に越してきていたのである。

森田は陽大の妻、友里《ゆり》と幼馴染《おさななじ》みで、未来の夫のマンションになかなか借り手がつかないことを見かねた彼女が、住んでいたアパートが取り壊されるために新居を探していた森田に、賃貸契約を持ちかけたということだった。

もし、僕が陽大に対して秘めた恋情を抱いていなければ、また警察の寮に戻れないこともなかったし、森田に「それならどうぞ」と譲ったことだろう。

だが、もともと森田のことを気に入ってなかった上に、森田が陽大の部屋を荒らしまくっているとしか見えなくて、自分がここに住む、お前は出ていけ、と怒鳴りつけ、森田は森田で、自分には住むところがないがお前はあるだろう、お前が出ていけ、と言い返し、どちらも一歩も退かなかったために当面の同居が決まったのだった。

誰とでも上手くやっていける森田は『人たらし』と評判で、僕はそんな彼を単に調子のいい奴だと思っていたが、実際同居してみてわかったのは、森田は人の心の痛みがわかる、思いやりに溢《あふ》れたナイスガイだということだった。

森田も森田で、僕を誤解していたと言い、知り合うにつれ、僕のことが好きになったと告白してきた。

本人曰く、別に自分はゲイではないということだったし、僕自身もゲイではないと思っていたのだが、森田から好きだと言われ、嫌な気持ちはしなかった。

嫌どころか、僕も、もしかしたら好きかも？　と思ったので僕たちは付き合いはじめ、同居も継続している。

家事の分担もそれぞれ得意分野を担当することにし——料理が得意な森田が食事担当、整理整頓が得意、というよりは、整理整頓されていないと気持ちが悪い僕が掃除担当、洗濯はおのおの、と決めてはいたが、洗濯はだいたい森田がやっている。

森田は料理を作るのは得意だが後片付けが苦手ということで、皿洗いをはじめとする片付けを僕が担当していることから、僕のほうが負担が大きいと彼が気にしての結果だった。

寮暮らしは別にして、今まで他人と一緒に生活をしてきたことがそうなかったため、他人《ひと》との同居なんてやっていけるのかと自分でも不安に思っていた。が、実際同居をはじめると、まあ、イラッとくることは皆無とはいわないものの、考えていたより快適で、たいした不満もないままに三ヶ月が過ぎようとしている。

が、どうも森田側には『不満』があったようで、それが昨夜爆発してしまったらしかった。

彼が何を不満に思っているかというと——僕たちの関係に対してだ。

一応『恋人同士』であるので、僕たちはキスもするし、もうちょっと進んだ行為に耽《ふけ》ることもある。

昨日がまさにそんな感じで、お互い入浴を済ませたあと、僕たちはベッドで抱き合っていた。

「ん……」

ベッドでの主導権は常に森田が握っている。不満がないでもなかったが、恥ずかしながら男性経験のない——って森田にあるかは知らないが——僕に、彼をリードすることは無理だった。

誰にも明かしたことはないが、実は僕には女性経験もないのだった。別に女性に興味がないわけではなく、単に機会がなかったからというだけなのだが、言わずとも森田は僕に性的経験がそうないことを見抜いているようで、それがまた面白くなくはある。

ともあれ、昨夜も森田は経験のない僕をリードし、キス以上の行為に及ぼうとしていた。

くちづけのあと、彼の唇が首筋を下り、乳首に辿《たど》り着く。強く吸われた後に舌先で転がされ、我慢できずに声を漏らした僕を見上げて森田が満足げに笑ってみせた。

唾液《だえき》に濡《ぬ》れた唇が部屋の明かりを受けて煌《きら》めいている。淫蕩《いんとう》としかいいようのないその顔に、恥ずかしながら僕の欲情は煽《あお》られ、ペニスに熱がこもっていく。

勃起《ぼっき》したことで、興奮している事実は森田には悟られてしまった。ニッと笑った彼の手が僕の雄を摑《つか》み、ゆるゆると扱き上げてくる。

堪らず身体を捩《よじ》ると、森田は尚も乳首を舐《ねぶ》り続けた。ますます興奮が煽られ、次第にわけがわからなくなる。

肌は熱し、鼓動は上がり、今にも達しそうなほどに昂《たか》まってくる。今日もまた森田の手でいかされるのかと思うと、羞恥のあまり叫び出しそうになったが、それでも欲望には勝てず森田の手淫に身を任せてしまっていたそのとき、彼の指がするりと滑り、いきなり後ろを——誰にも触れられたことのない蕾《つぼみ》をなぞってきた。

「え」

つぷ、と彼の指先が挿入されたと同時に総毛立ち、僕は思わず森田の胸を押しやってしまった。

「あ、ごめん」

森田がはっとした顔になり謝罪の言葉を口にする。

「……いいけど」

そうも謝られるようなことじゃない、と首を横に振ったが、続く森田の言葉は聞き咎《とが》めずにはいられないものだった。

「いいならさ……いいかな?」

「……何を?」

『いいかな?』の目的語がわからない。それゆえ問い返した僕に、森田はとんでもない言葉を口にした。

「もういい加減、挿入したいんだけど……いいかな?」

「挿入? 何を?」

問い質《ただ》しながらも僕は、まさか、と回答を予測していた。というのも、彼からのこの申し出が初めてではなかったためである。

「だから、ほら、繋《つな》がりたいっていうか」

「繋がる……」

やはり例のあれか、と僕はきっぱりと首を横に振ることで拒絶を彼に伝えた。

「無理だ」

「どうして」

心外だ、と言わんばかりに森田が目を見開く。

彼がこのところ僕に求めているのは、信じがたいことだが二人が『繋がる』こと――早い話が、彼のペニスを僕のアナルに突っ込む、という行為なのだった。

最初その要望を彼が口にしたとき、僕は何を求められているのかまったくわからなかった。

「だから、挿《い》れたいなって」

しどろもどろの彼の説明を聞き、ようやく意図は理解できたものの、答えは勿論《もちろん》『ノー』だった。

そもそも、僕は男だ。やはり男たるもの、『挿れる』側であるべきで、『挿れられる』側に回らねばならない理由がさっぱりわからない。

『繋がりたい』という希望は、今のところ僕は持っていないゆえ、森田のみが抱いているものだ。もし彼が繋がりたいのなら彼こそが『挿れられる』ほうになるべきじゃないのか。

僕の理論は突っ込みどころなどまるでない、完璧なものだという自負がある。だが森田は、

「わかってないよ!」

と絶叫し、僕をカチンとこさせるのだった。

昨夜もまた同じことの繰り返しで、森田は僕に切々と訴えかけてきた。

「あのさ、俺たち、好きあった同士だよな?」

「ああ」

「気持ちが通じ合ってれば、身体も通じ合いたいって思うよな?」

「ああ」

まあ、そういうものだろう、とそこまでは同意できるが、

「なら、挿れさせてくれよ」

という彼の言葉には頷《うなず》くことはできなかった。

「なら僕が挿れる」

「どうして」

ここでいつものように森田が反論してきたので、僕もいつもの答えを返したのだ。

「男は『抱く』側だから」

「俺だって男だぜ?」

森田がこれまたいつものように反論する。

「わかってる」

「どっちかが折れるしかないじゃないか」

「そうだ」

「なぜ折れてくれない？」

この辺の会話はもう、舞台の台詞《せりふ》か、というくらいに繰り返されてきたもので、昨夜も僕は『またか』と思いながら続けていた。

「なぜ森田が折れない？」

「折れたくない」

「僕だって折れたくない」

正直、挿入する側になるのも抵抗がある。そもそも『そこ』はそういう目的で使うような箇所ではないからだ。

だが、百歩譲って挿入する側なら、できないことはないと思う。が、挿入されるのは絶対に無理だ。

何度となく僕はそれを森田に対し、主張してきた。一体何回目だと思っているんだ、と睨《にら》み上げると、森田もまた僕を睨み返してきた。

「ここは折れてくれよ。俺、お前を抱きたいんだよ」

「男なのに『抱かれる』なんて無理に決まってるじゃないか」

これもまた、何度と数え切れないくらいに言ったぞ、と思いながらそう告げた僕を、森田はたっぷり一分以上睨み付けた。僕もまた彼を睨み返す。

何度となく繰り返された行動だった。

このあと『それならお互いのを手で』となるのが一連の流れなので、僕はその準備をすべく彼の下肢へと目をやった。が、昨夜は『お決まりの展開』とはならなかったのだ。

「男だから無理っていうんなら、この先一生無理ってことかよ」

ぼそり、と森田が呟《つぶや》く声が寝室に響く。

「ああ」

そのとおり、と思ったから、僕は即答したのだが、途端に森田が僕を見て、何か言いたげな顔になった。

「…………っ」

が、結局開いた口から言葉は出ず、森田はまた僕から視線を逸らせたかと思うと、一言、

「わかった」

と頷き、自分が脱ぎ散らかした服を床から拾い上げ、そのまま部屋を出ていってしまった。

「おい？」

寝室はちょっと前から、一緒にしていた。この部屋の先住者が残していったベッドを下取り

に出し、ダブルベッドに買い換えて一緒に寝ていたのだ。

それは森田の希望だったわけだが、その寝室から出て彼は自分の部屋に——乱雑を極めている狭い部屋に向かったようだった。

怒ったのかな——？

暫《しばら》く呆然《ぼうぜん》としていた僕の頭に、その考えが浮かんだのは、随分とときが経ち、すっかり勃《た》ち上がっていた雄が萎《な》えたあとだった。

森田の怒りの理由が、今一つ僕には伝わってこなかった。いや、自分の希望がとおらないから怒った、というのはわかるが、今まで何度となくこのやりとりは繰り返されたものであるのに、なぜ今回に限って怒るのか。そこがわからないのだ。

森田の怒りは花粉症と一緒で、自分の中のコップが一杯になった瞬間、発症するものなのか。それにしたって唐突すぎるだろう、と呆《あき》れながら昨夜は一人で眠ったのだが、まさか翌朝まで森田が怒りを持ち越すとは思っていなかった。

しかも、一緒に出勤しないとか、子供っぽすぎるんじゃないかとぶつぶつ言いながら僕は食器を洗って片付け、いつもの時間に一人で家を出たのだった。

新大久保から桜田門《さくらだもん》の警視庁まで、遠くはないがいつもは森田と一緒なので、なんとなく喋《しゃべ》っているうちに到着してしまう。

今日は一人だからか、やたらと時間がかかるような気がするな、と思いつつ、JRから地下鉄を乗り継ぎ、警視庁は捜査一課に到着した。

「おはようございます」

部屋に入った瞬間、室内が必要以上にざわついていることに気づいた。

「おう、おはよう」

塙《はなわ》係長が挨拶《あいさつ》を返してくれる、その先に係員たちが皆、かたまっている。中には勿論、僕より早く家を出た森田の姿があった。その森田の隣には、三ヶ月前、歩道橋から転がり落ちそうになった子供を庇《かば》って、かわりに自分が転がり落ちた結果、両脚を骨折し入院していた新人、佐々木昴《ささききすばる》が、先輩刑事たちと談笑していて、今日から復帰だったか、と僕を驚かせた。

「佐々木がようやく復帰だ。とはいえ、まだ松葉杖が必要だから、当分は内勤だけどな」

僕の視線を追ったのか、塙係長がそう言い肩を叩《たた》いてくる。

「いろいろ不自由もあろうから、面倒見てやってくれ」

「……はい」

若手同士よろしくやれということなんだろうとわかったが、なぜかそのとき僕の胸には、ちくり、とわけのわからない痛みが宿っていた。

視線の先には、佐々木の髪をがしがしとかき回している森田の姿があった。

「ああ、もう！　やめてくださいよ、森田さん。セットが乱れる」

「なーにがセットだよ。お前はアイドルかっつーの」

「僕は森田さんと違って、身だしなみに気を配るタイプなんです。毛先があっちこっち向いてる自分のくるくる頭と一緒にしないでくださいよ」

「なーにがくるくる頭だ。俺だってセットに毎朝時間かけてんだぞ」

「えっ！　信じられない。それ、もし本当だったら超時間の無駄ですよ」

「言ったな、この野郎！」

　森田が尚も佐々木の頭をぐしゃぐしゃとかき回し、佐々木が「やめてー」と叫ぶ、そんな二人の姿を見て、周囲の人間が皆、爆笑する。それを少し離れたところで見ていた僕の中で、そういやこの二人はペアを組んでいたんだ、という記憶が一気に蘇《よみがえ》った。

　面倒見のいい森田と、森田だけでなく先輩皆に可愛《かわい》がられる佐々木は、ツーと言えばカーといっていい仲の良いコンビだった。

　忘年会に二人してピンク・レディーを女装して歌い踊ったこともあった気がする。

　その佐々木が休んでいる間、僕は森田とペアを組まされることになったのだが、お世辞にも『ツーカー』とはいえないペアっぷりだと思う。

　僕が考えていることは森田には説明しないかぎり伝わらないし、森田の主張も首を傾げるものが多い。

「お前ら、嚙《か》み合ってねえな」

と塙係長をはじめ、先輩刑事から突っ込まれることもよくあった。

今は内勤だというが、この先、佐々木が完全復帰したら、ペアはどうなるのだろう――？

僕がそれまでペアを組んでいた山野井《やまのい》先輩が異動し、ほぼ同時期に佐々木が入院した。その結果、僕と森田が暫定《ざんてい》的にペアを組むことになったのだった。

山野井先輩は戻ってこないが、佐々木が復帰したとなると『暫定的』ペアは解消され、正規のペアが復活となるんだろうか。

そう考えたとき、またも僕の胸に、ちくりと針で刺したような――実際にはもう少し、痛みが大きかったような気もするが――痛みが走った。

いつしか森田と佐々木を見つめてしまっていた僕の視線に気づいたのか、佐々木がはっとした顔になり、松葉杖を片手に近づいてきた。

「結城さん、ご迷惑をおかけし、申し訳ありませんでした！　今日から復帰しました！　どうぞよろしくお願いします」

勢いよく頭を下げる佐々木の顔は、実は整っているのだった。さっき森田も『アイドル』と揶揄《やゆ》していたが、中三のときに某アイドル事務所に本当に履歴書を送り、面接までこぎつけたという過去があるそうだ。

結局親に『受験からの逃避もいい加減にしろ』と怒られ面接は辞退したそうだが、その話に充分信憑性《しんぴょうせい》があるほどに、彼は可愛い顔をしていた。

顔は可愛いわ、態度は可愛いわでは、先輩に好かれないわけがない。今僕に対し、心底申し訳なさげに頭を下げる姿もまた、可愛いとしかいいようのないものだった。

態度ばかりか性格も可愛いんだよなあ、と思いつつ僕は、

「別に迷惑なんてかけられてないから」

気にしなくていい、と答えたのだが、途端に周囲に不穏な空気が流れた。

「結城、お前、言いかたってもんがあんだろう」

先輩の長谷川《はせがわ》が、むっとしていることを隠そうともしない口調で僕に注意——だろう、多分——を促してくる。

「え？」

何がいけなかったのか、素でわからず問い返した僕に対し、塙係長のフォローが飛んだ。

「結城も悪気があったわけじゃないだろう。さあ、仕事だ仕事」

皆、席につけ、という係長の言葉に、長谷川は僕を睨むばかりでなく舌打ちまでしつつ、自席へと戻っていった。

僕はこうして、自分でも気づかないうちに人を怒らせることがよくある。どうも僕の発言は、人への思いやりに欠けるものが多いらしい。

佐々木の入院を聞いた際にも、皆が同情する中、僕は、

『受け身がとれなかったのか』

と言い、その場にいた全員の反感を買った。

普段、鍛錬していれば、歩道橋から転がり落ちようが受け身の一つもとれただろうに、という自分の意見のどこが間違っているのか、未だに理解できていないのだが、そうした場合、フォローを入れてくれるのは森田と決まっていた。

だが今回、森田がフォローを入れたのは僕ではなかった。

「気にすんなよ。あいつも悪気はないんだ」

佐々木の肩を叩き、慰めている森田を見る僕の胸はまた痛みに疼《うず》いたが、その痛みの理由や大きさを考える時間的余裕はなかった。

その瞬間、一一〇番通報センターからの電話が鳴り響いたのである。

応対に出たのは塙係長だった。

「はい……はい、わかりました」

メモを取る彼の周囲に、係員たちが集まる。

「吉祥寺《きちじょうじ》で殺しだ。長谷川と渡辺《わたなべ》、それに森田と結城ですぐに向かってくれ。現場はK大学内の研究室、殺害されたのは岡林《おかばやし》春一《しゅんいち》教授ということだ」

「わかりました」

「すぐ向かいます」

長谷川と、佐々木と同じく新人の渡辺が即答し、部屋から駆け出していく。

「行くぞ」

森田が僕に声をかけたが、僕はそれに応えることがなぜかできなかった。

「行ってきます」

なんとなく森田を無視した感じで塙係長に声をかけ、先に部屋を飛び出した。

「おい」

背中に森田がかけた声が響いたが、振り返ることはやっぱりできなかった。

「待てって」

廊下を走りながら森田が僕を追い越し、先に立って走りはじめる。

僕も彼に声をかけなかったが、彼もまた僕を振り返ることはなかった。そのまま二人、無言で廊下を駆け抜け、エレベーターに乗り込んで地下の駐車場を目指す。

覆面パトカーの運転は、いつものように森田が担当した。現場をナビに入力したのは僕だが、都内——ばかりか日本国内どの道も詳しいんじゃないかという森田は既に、K大学へのルートを決めているようで、ナビを見ることなく車を走らせていた。

車中、不自然なくらいの沈黙が流れる。

「被害者の経歴、ネットで見ようか」

僕はあまり、自分が喋らないことに関しては気にしないし、相手が話しかけてこない場合も、話したくないんだろうと片付けている。

が、なぜか今は沈黙が重くて、自ら口を開きポケットからiPhoneを取り出していた。

「ああ、頼む」

森田がいつもの調子で答え、笑いかけてくる。

なんとなく安堵《あんど》してしまう、この心理はなんなのだろうと思いながら、インターネット経由で被害者『岡林春一』を検索した。

「K大学の教授、年齢は五十六歳。専門は心理学——で、Wikipediaによると、次の学長選に立候補していたそうだ。亡くなったという記載はまだないな」

「あー、ウィキは誰でも書き込めるもんな。訃報がまだ出ないってことは、学生には知らされてないってことか」

森田の口調はやはり、いつもどおりだった。昨夜から今朝にかけての不機嫌さは欠片《かけら》もない。

それでいて彼との間に、僕は距離を感じていた。うまく説明できないが、口調も態度もいつもどおりでありながらにして、僕との間に壁を作っている、そんな気がする。

まだ怒ってるんだろうか。そう問いかければ、彼も答えただろうが、問うのはなぜか躊躇《ためら》われた。

「第一発見者は誰だろう」

「研究室で発見されたとなると、助手か学生じゃないか？」

会話は続いていたが、内容が事件に関してであるにもかかわらず、僕はあまり身を入れて喋ることができずにいた。

なんてことだ。これから事件現場に向かうというのに。緊張感が足りなさすぎる、と気合いを入れるべく、両手で両頬《ほお》を叩く。

「………」

何をやっているんだ、という森田の突っ込みを期待したわけではなかった。が、彼がちらと僕を見たあと、何事もなかったかのように視線を前へと向けてしまったことを酷く気にしている自分がいた。

しっかりしろ、と僕はもう一度自身の頬を叩いたのだが、そのとき僕の脳裏に浮かんでいたのは、さも親しげに笑顔を見交わしていた森田と佐々木の姿だった。

## 2

K大学はいわゆる『お坊ちゃま・お嬢ちゃま大学』と呼ばれる、学力レベルはそう高くない、だが良家の子女が通うという評価を世間から得ている私大だった。

覆面パトカーは敢えて、サイレンを鳴らさなかった。駐車場には先に到着していた先輩の長谷川と新人の渡辺が、どうやら大学側の職員と思われる眼鏡の若い男と共に僕らの到着を待っていた。

「鑑識と検視官が到着し、学内は騒然としているそうだ」

行くぞ、と促され、現場へと向かいながら長谷川が、どうやら眼鏡の男に聞いたと思《おぼ》しき話を僕らにも教えてくれる。

「こちらの方は?」

長谷川にその眼鏡の素性を尋ねたのは森田だった。

「あ、あの、田中《たなか》と申します。大学の現学長の、その、秘書のような仕事をしております」

おどおどしながら頭を下げて寄越した田中という若者に、森田が笑顔を向ける。

「捜査一課の森田です。このたびは大変でしたね」

「びっくりしましたよ。これからマスコミ対策が大変です」

田中はそう言うと、はあ、と悩ましげに溜め息を漏らした。

「学長選挙の件で、先週『週刊B』に記事が出たばかりだったんですよ」

困ったものです、と溜め息をつく彼の言葉を聞き、僕はその記事の内容を思い出していた。

教授の名こそ出ていなかったが、学長選にヤクザが絡んでいる、というような内容だった。候補が二人いて、そのうちの一人がヤクザの協力を得て金をばらまき、学長になろうとしているという記事だったが、そのヤクザと関係のある教授というのが殺された岡林教授なのだろうかと思い、問いかけると、

「いえ、そもそも、あの記事は事実無根で……」

と田中は、言いづらそうに言葉を濁した。

「内容の信憑性はともかく、記事に出た教授が被害者かどうかを知りたいのですが」

教授名はAだのBだのと書かれており、イニシャルでもなさそうだった。実際にヤクザが絡むかどうかはともかく、記事に書かれているのが被害者であるかないかは、捜査方針に大きく関わってくる重要な点である。

僕の問いかけに田中は、

「ですから、あの記事自体が捏造《ねつぞう》でして……」

と愚図愚図言っていたが、真偽の程は問題ではないと一喝してやると、渋々答えを口にした。

「いえ……記事に書かれたのは別の教授です。しかし繰り返しになりますが、本当に信憑性はないんですよ」

「本当に別なんですね？」

嘘《うそ》をつかれては堪らない、と確認を取る僕を、なぜか森田が制した。

「結城、いいから」

「なぜ」

なにが『いい』んだ、と問おうとしたと同時に、僕たちはキープアウトのテープが貼られた現場である研究室へと到着した。

九時を回っているからか、登校していた大学生たちが野次馬となり群がっている。不審人物はいないかと目を配りつつ室内に入ると、既に到着していた監察医が検案をしているところだった。

「お疲れ様です」

見立ては超一流と評判の監察医に、森田が気易く声をかけている。

「死因、なんです？　死亡推定時刻は？」

「検案はこれからだ。書類で回すからそれを見ろ」

見立ての確かさだけではなく、口の悪さと、そして超がつくほどの美貌《びぼう》でも評判の監察医は足元の遺体をちらと見やったあと、ぶっきらぼうに言い捨てると、

「石田《いしだ》！」

と助手を呼びつけ、あれこれ指示を出しはじめた。

「おーこわ」

森田は肩を竦《すく》めていたが、少しもこたえた様子はない。

「後頭部から血が出ているから、撲殺かな。現場って、これ、ドアのところにネームプレートがついていたからガイシャの部屋ですよね」

長谷川や僕に、状況を確認すべく話しかけてくる。

「ぱっと見、凶器らしきものは見当たらないが、争った状況は残ってるな。死体の顔色から見て、今朝死んだわけじゃなさそうだから、事件発生は昨夜か？　被害者は一人暮らしなのかね。家族とは連絡がついてるのかな」

「家族はすぐ来るそうだ。事情聴取はそれじゃあ森田と結城に任せる。俺と渡辺は校内を聞き込むことにするよ」

先輩の長谷川はそう言うと、渡辺を促し部屋から出ていってしまった。どうやら彼は、森田があれこれ言うのに対し、うるさそうな顔をした美貌の監察医に気を遣ったようである。

「ざっとでいいんだけど、死亡推定時刻って出ないかな?」

そうした気がまったく遣えない森田が、監察医の傍に座り込み問いかける。そんな彼をじろりと睨みつつも監察医は、問いに答えてくれた。

「直腸の温度からして昨夜の二十一時から二十三時の間——というところだろう」

「ありがとう」

礼を言い、立ち上がった森田に僕は、思わず賞賛の目を向けてしまっていた。というのもこの美貌の監察医は気難しく、検案は書類を待て、と言った場合は、おだてようがすかそうが検案結果を口にすることなどないと聞いていたためである。

図々しさもここまで来ると特技だよな、と思っていた僕に森田が声をかけてきた。

「夜、家に帰らなくても家族は心配しなかったんだろうか?」

「どうだろう。普段の生活態度によるんじゃないか?」

子供が帰宅しなければ親は心配しようが、五十代の男性が一晩帰らなかったくらいでは、警察に届け出るようなことはすまい。

部屋が比較的整然としていることといい、遺体となっている教授の服装や髪型といい、真面

目な人間だったのでは、と思われるだけに、家族も信頼していたのでは、と思いを巡らせていた僕の耳に、呆れたような監察医の声が響いた。

「そりゃそうだろうが、もうちょっと言い方ってもんがあるんじゃねえの？」

「え？」

どうやら自分に言われたと思しき発言の意味が今一つわからず、問い返した僕を見て、監察医が、やれやれ、というように肩を竦める。

「まあいいや。家族からの事情聴取では気、遣えよ」

「え？」

またも問い返した僕の声と、

「その辺は大丈夫です」

と、フォローしてるのか、と思われる森田の声が重なって響く。

「お前も苦労、してんのな」

観察医が森田に笑いかけ、ぽんと肩を叩くさまを、僕は、一体お前に何がわかる、という怒りを胸に眺めていた。

そのうちに岡林教授の妻が現場に到着し、遺体の確認のあと泣き崩れる彼女に事情を聞くこととなったのだが、これがまた、骨の折れる仕事だった。

「どうして……どうしてえ……っ」

岡林教授の妻、幸子《さちこ》が涙ながらに語ったところによると、教授がなんの予告もなく家を空けることは滅多になかったという。

昨夜は『遅くなる』と夜、電話がかかってきたため、夫の帰宅を待たずに先に寝てしまっており、朝起きた際にまだ帰宅していないことに気づいて気にしていたところ、警察から連絡が入ったとのことだった。

「遅くなるというのは、誰かと夜に約束をしていたのでしょうか」

森田の問いかけに幸子は「わかりません」と首を横に振った。

「ただ『遅くなる』としか言っていませんでした。うちのひと、口数が少なくて……。それに大学でのことは、今、世間で騒がれているせいもあったでしょうが、特に話したがらなくて」

「そうですか……」

森田が頷き、ちら、と僕を見る。妻の動揺は随分とおさまってきているようだし、聞いても大丈夫かなと思いつつ、今度は僕が彼女に問いかけた。

「ご主人が殺害されたことに、何か心当たりはありませんか？」

「心当たりなんて……っ」

ここでまた幸子が両手に顔を伏せ泣きはじめる。まだ早かったかと反省しつつ僕は慌てて言葉を足した。

「すみません、命の危険に晒《さら》されているような、そんな出来事はありませんでしたか？　と聞きたかったのです。脅迫状が届いていたとか、脅迫電話がかかっていたとか」

「……特に……特にありません」

泣きながらも幸子はきっぱりと首を横に振ったが、はっと、何かを思いだしたように涙に濡れた顔を上げた。

「奥さん？」

どうしました、と問いかけた僕に幸子が一瞬の逡巡《しゅんじゅん》を見せたあとに話しはじめる。

「関係あるかはわかりませんが、最近、家の周りをチンピラ風の男たちがうろついていると隣の奥さんに言われたんです。私は直接見てないんですが、他にも見たというご近所の方がいらっしゃって……警察に届け出たほうがいいんじゃないかと、主人にも相談したんですが、放っておけと言われたのでそのままになってました」

「チンピラですか」

週刊誌の記事は事実無根ということだったが、もう一人の学長候補がヤクザに協力を頼んでいるというのが気になった。

「チンピラを見たご近所の方のお名前を教えていただけますか？」

裏を取る必要がある、と幸子に尋ねた名を手帳に記している間、森田が彼女に新たな問いを発した。

「最近、ご主人の様子はどうでした？　学長選が近づき、ナーバスになっていた……なんてことは？」

「変わったところはなかったように思います。というのも主人は学長という役職にそう魅力を感じていなかったので……」

「そうなんですか？」

森田が意外そうに目を見開く。

「はい。出世欲がないんです」

幸子はそう言ったあと、少し複雑そうな顔になった。おそらく彼女は夫のそういった面をもどかしく思っていたということなんだろうと察する。

「ところでご家族は、その、奥さんだけですか？」

そろそろ質問を切り上げようとした森田が幸子に問うたのは、まだ顔色の悪い彼女に誰か付きそう人間はいないのかと案じたためのようだった。

「いえ……その……」

なぜか幸子が口ごもり目を伏せる。

「奥さん？」

「息子がいるのですが、息子も昨夜は外泊したようで連絡がまだ取れておらず……」

「それはご心配ですね」

森田が同情的な相槌《あいづち》を打つと、幸子は「いえ」となぜか首を横に振った。

「息子が家を空けるのはいつものことなので……それにたとえ家にいたとしても、一緒には来なかったでしょうし」

「え？」

諦めきった様子の幸子の口調が気になったのは僕だけではなかったようで、森田が驚いたように問い返す。途端に幸子ははっとした顔になり、

「いえ、なんでもありません」

とぼそぼそと続けたあと、ああ、と小さく声を漏らした。

「もう、どうしたらいいの……」

「奥さん、あちらで休みましょうか」

優しく声をかけ、現場である研究室をあとにする森田と幸子の後ろ姿を見送りながら、僕は今の幸子の言葉の意味を考えていた。

息子はいるが、反抗期ということなんだろうか。息子とは果たしていくつだろう。帰宅しな

くても母親が心配しないくらいの年齢ということか——息子の反抗期よりも、今、気にするべきは家の近所をうろついていたチンピラだろうとわかってはいたが、なぜか幸子がちらと触れただけの息子の存在が僕の中ではひっかかっていた。

その後、僕と森田は大学をあとにし、教授の家の近所へと向かうと、チンピラを見たという住民に聞き込みをかけた。

「えー！　殺されたんですかっ」

隣の奥さんは二時間サスペンスドラマ好きということで、岡林教授の訃報を聞いたときには驚きと同情を露《あら》わにしたものの、刑事からの聞き込みを受け、すっかり興奮していた。

「自分で言うなって感じだけど、このあたり、閑静な住宅街って感じじゃないですか。なのでチンピラとかいるとかなり目立つんです。滅多に見ないから」

彼女はそう言い、自分が見たチンピラについても詳しく教えてくれた。

「いかにもって感じだったわ。ドラマに出てくるような。三人くらいで、岡林さんのお宅を窺《うかが》ってたの。警察に通報しようかと思ったんだけど、そのときにはもういなくなったから」

奥さんは週刊誌の記事も読んでいて、学長選に関しても興味津々《しんしん》だった。

「岡林さん、優秀なんでしょう？　でもいかにも学者然としたタイプで、欲がないんですってね。一方、対抗馬の、えーと、なんだっけ？　種田《たねだ》教授、あっちが腹黒なんでしょ？　きっとあのヤクザ、そいつが雇ったのよ。岡林教授が殺されたのもその絡みじゃないの?」

怖いわ、と騒ぐ彼女の様子から、思い込みが激しいなと察した僕は、どこまで信用できるかなと首を傾げざるを得なかった。

話半分、と思いながらも、気になっていた教授の息子について話を振ったのだが、その話題は奥さんにとって得意分野だったようで、

「ああ、倫太郎《りんたろう》君ね。あの子も困ったものよねえ」

と、マシンガントークが始まった。

「高校のときにグレちゃって、バイクとか、乗り回してたのよ。近所迷惑でねえ。中学まではいい学校に通ってたのが、なにか悪さしたとかで退学になっちゃって。今は一応、大学に行ってると思うけど、名前も聞いたことないような学校よ。優秀なお父さんとは似ても似つかないってみんな言ってるわ」

道で会っても挨拶すらできないのよ、と憤慨してみせる彼女は、自分の息子が岡林倫太郎に高校時代苛《いじ》められた過去があるとのことで、それで一際評価が厳しいようだった。

「そういや最近、あまり顔、見ないわね。相変わらず悪い仲間とつるんでるんじゃないかしら」

「親子仲はどうでした?」

いいわけがないなと思ったが一応尋ねると、

「家庭内暴力とかの噂は聞かないけど、よくはないいんじゃないかしらね」

と予想どおりの答えが返ってきて、僕を納得させた。

その後、他にチンピラを見たという近所の住民に話を聞いたが、皆、ちらと見たくらいで、チンピラの特定は難しそうだった。

それぞれに岡林家の評判を聞いてみたが、リアクションは一貫していた。

「旦那さんは真面目で、奥さんは感じがいい人。でも息子さんがねえ……」

「言っちゃなんだけど、不出来の息子っていうの？　旦那さんは愛想はなかったけど、誠実で真面目な人だし、奥さんも感じいいのに、なんで息子ばっかり……」

そうも評判が悪い息子に会いたくなり、家を訪れたが、インターホンを鳴らしても誰も出てこなかった。

「行くぞ」

今回、聞き込みに来たのは息子を探るためではなく、岡林家の周囲をうろついていたチンピラを探るためだ。森田に促され家の前を離れたとき、二階の窓のカーテンが微《かす》かに動いたような気がして振り返った。

「どうした？」

遠くてよくわからないが、見たときにはカーテンは完全に閉まっていた。居留守を使われたのか、それとも単なる気のせいだったのか、と尚も窓を見上げる僕に、森田が声をかけてくる。

「いや、ちょっと気になって」

「息子が？　なぜ」

問われると『これ』という答えのなかった僕は言葉に詰まった。

「捜査会議が始まる。すぐ戻ろうぜ」

答えられないのなら、と森田が、戻ろう、と再度促す。

「…………」

以前の彼はもう少し、突っ込んでくれたような気がする。

その思いがふと、僕の頭に浮かんだ。

僕が何かを気にしているとわかると、その『何か』を探ろうと必死になってくれた。仕事上でも、そして仕事を離れた私生活でも、僕が何を考え、何を望み、何をしようとしているのか、いちいち関心を払ってくれていた——と思う。

捜査会議に遅刻はできないから、急《せ》かすのは当然だろうが、それを差っ引いても森田の態度を淡白に感じてしまう、と僕は彼の後ろ姿を見ながら首を傾げた。

まだ昨夜の喧嘩《けんか》を引きずっているのか？　あれは喧嘩というほどのものじゃないと思うのだ

けれど。

それとも何か他に、僕から興味を失った理由があるのか、と考えたとき、佐々木の顔が突然浮かび、僕は思わず、「あ」と声を漏らしてしまった。

「なんだ？」

足まで止まってしまっていた僕を森田が訝《いぶか》しげに振り返る。

「なんでもない」

慌てて彼に駆け寄った僕の鼓動は、嫌な感じで高鳴っていた。

正式なペアである佐々木が復帰した今、森田の気持ちはすっかり彼に移っているんじゃないか――僕の頭に浮かんだのはその考えだった。

そのことに動揺する自分の心理がわからない。『正式なペア』が戻ってきたのだから、僕とのペアが解消されても、それは仕方のない話だろう。

動揺するほうが間違っている。なのになぜ僕はそんな当然のことを、必死で自分に言い聞かせているんだろう。

馬鹿馬鹿しい。今は事件のことだけ考えるべきだ。そう気持ちを切り替えたものの、鼓動は嫌な感じで脈打ち続け、本当にどうしたことかと僕に疑問と苛立《いらだ》ちを覚えさせたのだった。

所轄の武蔵野《むさしの》署で開かれた捜査会議で決まった捜査方針は、やはり今回の岡林教授殺害は学長選絡みではないかというものとなった。

週刊誌にすっぱ抜かれた記事は、多少の誇張はあったものの、ほぼ真実といってもいい内容ということだった。

対抗馬の種田実《みのる》教授は記事に書かれたとおり、かなり汚い手を使って票集めをしており、それに暴力団がかかわっているというのもまた事実であったらしい。

一方、殺された岡林教授の評判はすこぶるいいのだった。

出世欲というものがないという妻の証言はあながち身内の欲目ではなく、学内の評判はおしなべて妻と同意見だった。

出世よりも学問に邁進《まいしん》するその姿勢は、学界でも、そして大学内でも評価が高く、このままでは間違いなく、学長には岡林が選ばれるという展開になっていたそうだ。

それをひっくり返すために、種田はかなり金をバラ撒《ま》いていたが、それでもひっくり返せないとなると、直接的な行動に出るしかない、というのが現況であったらしい。

種田本人より、ヤクザが本気になっている。彼らが種田に手を貸すのは、学長になった際に莫大《ばくだい》な謝礼を得ることができるためと、学長になったあとの種田教授の人脈に期待しているためで、今や種田本人がヤクザの暴走を抑えきれなくなっている傾向がある、という報告がなされる中、僕はなんとなく捜査の方向性に違和感を覚えていた。

理由はこれ、とは相変わらず言えなかったが、事件現場を見た感じ、ヤクザの手口には見えなかった、というのが説明しやすい『理由』だった。

後頭部を鈍器で殴られたのが死因であり、凶器は見つかってはいないものの、室内にあったクリスタルの灰皿が消えていたことから、それではないかということになっていた。

その場にあったものを使い頭を殴るなんて、計画的な殺人にしてはお粗末な気がする。僕と同じことを森田も思ったようで、挙手し、意見を述べていた。

「ヤクザの手口に『撲殺』はあまり使われないんじゃないですかね」

「あ、僕もそれ、思いました。ヤクザらしくないなって」

佐々木も挙手し、森田の意見に同調する。先を越されたせいで僕は発言の機会を逸してしまった。

「佐々木はいっつも森田と同意見だもんな」

「復帰早々、気が合うところを見せつけやがって」

長谷川ら、捜査一課の人間が茶々を入れるのを、塙係長が、

「コンビ愛はわかったから。話を戻すぞ」

と会議の進行の軌道を修正する。再び刑事たちが活発に意見を言い合う中、

「コンビ愛なんて、照れますね」

佐々木が森田に向かい嬉《うれ》しげに笑ってみせ、森田がそんな佐々木の頭を軽く叩いた。

「馬鹿」

「でも、僕もマジでそう思ったんですよ。ヤクザの手口にしちゃあ変だなあって」

ぼそぼそと佐々木が森田に囁《ささや》き、森田がそれに「そうだよな」と頷いている。その様子はさっきみんながからかったとおり、いかにも気が合っているようで、なんだか非常に不愉快だった。

森田の意見はその後、武蔵野署の刑事から、チンピラたちが岡林教授の自宅近辺だけでなく、大学近辺でも目撃されているという反論を得、それ以上の主張はせずに終わった。

捜査会議終了後、今日から復帰した佐々木を囲んでの飲み会が催されることになった。

「佐々木もあまり飲めないからな。軽く行こう」

塙係長が皆に声をかけていたが、僕はどうにも参加する気分になれず、

「お先に失礼します」

と挨拶し、部屋を出た。

「付き合い悪いなあ」

「相変わらずだろ。ほっとけほっとけ」

長谷川をはじめ、先輩刑事たちが聞こえよがしに嫌みを言う声が背中に刺さる。こんなとき、フォローしてくれるのは森田だったが、森田の発言はないようだった。

フォローだけじゃなく、今までなら森田は『結城も行こうぜ』と誘ってくれてもいたのだ。その彼は今、何をしているのだと部屋を出しなに振り返った僕の目に飛び込んできたのは、森田が佐々木と笑い合っている姿だった。

「…………」

コンビ愛――先ほどの塙係長の言葉が、僕の頭に蘇る。

やはり正規のコンビが――佐々木が戻った今となっては、僕は用済みということか。

そう思い知らされた瞬間だった。

コンビを解消したいならしたいと言えばいい。心の底からむかつきながら僕は部屋を走り出て、エレベーターホールへと向かったのだが、その怒りの源がどこにあるのかは、やはり考えてもわからなかった。

苛立つ心のままに、エレベーターのボタンを連打し、やっと来た箱に乗るとまた『閉』のボタンを連打する。

押さなくても別に、誰も僕のあとは追って来てはくれない。わかっているのに馬鹿みたいだ、と、思うと同時に、来て『くれない』というのはなんなんだ、と自分の思考に疑問を感じた。

来てくれない、だなんて、まるで『来てほしい』と願っているようじゃないか。一体誰に『来てほしい』なんて考えてるんだ、と舌打ちする僕の頭には、はっきりとその相手の顔が——森田の端整な顔が浮かんでいた。

何を期待しているんだ。それにたとえ森田が追ってきたとしても、自分は飲み会には行かない。それなら来ても来なくても一緒じゃないか、と、またも必要以上に自身に言い聞かせているかのような己の声にうんざりしつつ、僕は一人、夕食の買い置きもないのでコンビニ弁当を買い帰路についたのだった。

3

翌日、僕は森田と共に、被害者である岡林教授の自宅近辺への聞き込みに向かっていた。

朝から森田と僕の間に必要以上の会話はない。朝からどころか、昨夜森田が帰宅してからも、僕たちは殆《ほとん》ど話していなかった。

佐々木の『お帰りなさい会』とのことで、軽く飲みに行こうという誘いを断った僕は午後九時には帰宅し、コンビニ弁当を食べ終えたあとは入浴も済ませて、リビングでスポーツニュースを見ていた。

軽い飲み会だったはずが、森田はなかなか帰宅せず、ようやく玄関の鍵が開く音がリビングまで響いてきたのは、深夜零時を回る頃だった。

「あれ、起きてたんだ」

森田はかなり酔っていた。佐々木にドクターストップがかかっているから軽く行くんじゃなかったのか、と泥酔している彼を振り返る。

シャワーを浴びたあとだったので、僕はTシャツに短パンという格好だった。森田の視線が僕の足へと一瞬注がれる。

ごく、と彼の喉《のど》が鳴った、その音を聞き、どくん、と僕の鼓動が脈打った。酔いで赤らんでいた森田の顔が一段と赤くなり、一旦は逸れた彼の視線がまた、僕の剝《む》き出しの足に戻る。

「み、水、飲むか？」

問いかける声が掠《かす》れてしまった。途端に森田がはっとした表情になったかと思うと、軽く咳《せき》払《ばら》いをし、

「いや、いいよ」

と答えつつ、自分の部屋へと向かっていった。

「…………」

バタン、とドアが閉まる音を聞き、僕は思わず自分の足を見下ろした。

夕食後、それぞれ順番に風呂に入る。たいてい僕が先に入るので――僕が森田のあとに入ると、あれこれ文句を言うからと譲ってくれるのだ――ビールを飲みながらなんとなくリビングで待っていることが多い。

風呂から上がってきた森田は、僕の隣に座ってビールを飲みながら、さっきのような視線をちらちらと足に向けてくる。

ビールを飲み終わる頃、彼の手が僕の肩に回り、胸に抱き寄せられてキスを交わす。ソファに押し倒され、彼の手が剝き出しの足をまさぐって——という流れになるのが、最近では既にパターン化していた。

本人に指摘したことはないが、彼がちらっと僕の足を見るとき、ちょっと目つきがいやらしくなるのだ。それが僕の気のせいではないことは、そのあと決まっていやらしい行為に突入することが証明していると思うのだが、ともあれ、今だって森田の目つきはいやらしくなったはずだった。

だからこそ、僕もなんだか意識してしまったわけなのだが、と溜め息をつき、視線をやかましいばかりのテレビに向ける。

もともと、僕はスポーツニュースになんて興味はなかった。なんとなく寝そびれていただけだ。森田も寝たなら僕も寝よう、とリモコンを取り上げてテレビを消し、空き缶を捨てるべくキッチンへと向かった。

冷蔵庫が視界に入ったとき、水を持っていってやろうかなという考えがちらと浮かんだが、頼まれてもいないし、それにさっき『いいよ』と断られたじゃないか、と思い出し、冷蔵庫の取っ手にかかった手を引っ込めた。

寝室に向かい、広すぎるベッドに一人で寝転がる。と、まるで僕がリビングからいなくなるのを待っていたかのように微かにドアが開く音がし、森田が部屋から出てきた気配が伝わってきた。

いらないと言っていた水でも飲みに来たんだろうか。そこまで避けなくてもいいものだが、と、いつしか耳をそばだてていた自分に気づき、何をやってるんだか、と自己嫌悪に陥った僕はその後布団をかぶってしまったのだが、心のどこかで森田が入浴後、ベッドに入ってくるんじゃないかと待ってしまっていたようだ。

十分経ち、二十分経ち、一時間待ったが、寝室のドアが開くことはなかった。そのことにやたらとがっかりしている自分にやりきれなさを覚えつつ眠りについたせいで、今朝の寝覚めは本当に悪かった。

朝起きると、森田はいつものように朝食を作ってくれてはいた。が、昨日同様、自分だけとっとと食べ終えると、先に出勤してしまった。

顔を見ると別に、怒っている様子はない。だが、あからさまに避けられている気がする。

そっちが必要最低限の会話しかしない気なら、僕から話しかけてなどやるものか、と意地になって口を閉ざしていた結果、聞き込みに向かう途中の車の中にもやたらと重い沈黙が流れていた、というわけなのだった。

今日もまたチンピラの目撃情報を集めるのが主たる目的だったが、僕にはどうにも気にかかってならないことがあった。

いつものように二手に分かれ、一時間後に車で、という、本当に『必要最低限』の会話を交わしたあと、僕はその『気になること』を解決すべく岡林教授宅へと向かった。

インターホンを押し、反応を待つ。

『はい』

暫くして力ない声が、インターホン越しに響いてきた。この声は妻の幸子だろうとあたりをつけ、話しかける。

「警視庁捜査一課の結城です。少々お伺いしたいことがあるのですが、お時間、よろしいでしょうか」

『……はい……』

幸子はまた暫く沈黙してから力ない返事をし、インターホンを切った。間もなく玄関のドアが開き、顔色の悪い幸子がおずおずとドアの隙間から外を窺ってきた。

「何度も申し訳ありません」

憔悴《しょうすい》しい幸子に対し、謝罪してから「いえ」と首を横に振った彼女に用件を告げる。

「実は息子さんに——倫太郎君に、話を聞けないかと思いまして」

「息子に……ですか」

途端に幸子は困った顔になり、項垂《うなだ》れた。

「いらっしゃらないのですか?」

問いながらもインターホンを押す前に二階の部屋の窓のカーテンが開いていることを確認していた僕は、おそらく倫太郎は在宅しているだろうと確信していた。

「……おりますが、お話しできるようなことは何もないかと……」

幸子は渋りはしたものの、それでも、と粘ると、仕方ないというように溜め息をつき、僕を家に上げてくれた。

「呼んで参ります」

こちらでお待ちください、と、応接間に通される。

一戸建てだが、築年数が相当いっていると思われる。室内の家具や調度品も、言っちゃなんだが質素なものだった。

高潔な人柄ゆえ、金銭的にはあまり恵まれていなかった。そういうことだろうと思いつつ室内を見渡していたところ、

「失礼します」

と幸子がドアを開きながら声をかけてきた。

「息子です」

小柄な彼女の後ろに、不機嫌そうな顔をした長身の若者が一人立っている。いかにも、今まで寝ていましたといった様子の彼は、昨日聞き込んだ近所の評判どおり、『好青年』とは真逆の位置にいるような若者だった。

髪はほぼ金髪といっていいくらいの色に染めている。耳にはいくつもピアスが下がっておりタンクトップの肩から覗《のぞ》く腕には入れ墨があった。

身長は百八十センチ以上あり、ガタイもいい。細い眉の下、やはり細い目は相当目つきが悪く、擦れ違った人間に充分、脅威を与えているんだろうと軽く想像できた。

寝起きだから特に目つきが悪いのかもしれないけれど、と思いながらも僕は、のっそりと部屋に入ってきた倫太郎に会釈をし口を開いた。

「警視庁捜査一課の結城です。お父さんが殺害されたことについて、少々お話を伺いたいんですが」

「ねえよ」

「え？」

聞き取れず問い返した僕を、その目つきの悪い双眸《そうぼう》で睨みながら、倫太郎が吐き捨てるようにこう告げる。

「話すことなんかなんもねえよ。オヤジとはもう何年も口、きいてねえし」

「え？　何年も？」

　思わず問いかけてしまったのは、倫太郎が嘘をついているのではと疑ったからではなく、どちらかというと驚いてしまったためだった。同居している親子が何年も口をきかないなんて、不自然にもほどがある。

　だが倫太郎は疑われたと思ったようで、あからさまにむっとした顔になると、

「嘘だと思うんなら、お袋に聞いてみろよ」

と言い捨て、そのまま踵《きびす》を返して部屋を出ていってしまった。

「あ！　君！」

　慌てて呼び止めたが、既に倫太郎の姿は扉の向こうに消えていた。

「本当に申し訳ありません……」

　ただでさえ憔悴激しい幸子が、本当に申し訳なさそうに頭を下げて寄越したのに、僕は慌てて顔を上げさせようと声をかけた。

「お父さんが亡くなって動揺しているんでしょう」

　我ながらとってつけたようだと思いはしたがそうフォローすると、幸子は、はあ、と深い溜め息を漏らした。

「いえ……その……本当なのです」

何が、と問おうとするより前に、幸子が項垂れたままぼそりと答える。

「ここ何年も、あの子、主人と話をしていません」

「ええ？」

思わず驚きの声を上げた僕をちらと見上げた幸子は、言いづらそうにしながらも言葉を続けた。

「同居しているのにおかしいと思われるでしょうが……主人のほうからはそれでも、三年くらい前までは働きかけをしていたのですが、あの子が頑なに拒みますもので、もう話しかけることもなくなって……」

「……そうだったんですか」

親子三人暮らし、そういうこともあるのか、と驚きつつも納得していた僕の脳裏に、ちらと父親の——自分の父親の顔が過《よ》ぎった。

父が多忙だったことも影響しているが、ウチも似たようなものだった。僕から父に話しかけることはまずなかったし、といつしか自分のことを考えていた僕は、幸子が、

「ですから」

と話し出したのに、はっと我に返った。

「あの子に父親のことを聞いても無駄だと思います……」

「あの、失礼ながら」

ここで僕はなぜ、そんな問いかけをしてしまったのかとあとから反省した。

事件とはまるで無関係の質問を事情聴取のときにするなんて、普段の自分からは考えられないことだ。

さっきみたいにぼんやりすることもまたあり得ないのだが、ともあれ、僕はなぜだか母親に問いかけてしまっていた。

「ご主人と倫太郎君がそうも不仲になった原因はなんだったのでしょう」

「……はあ……」

幸子が言いづらそうな顔になり俯《うつむ》く。もしここで彼女が『なぜそんなことを聞くのです』というような問いをしてきたら僕もそれ以上は押さなかっただろうが、実に素直というか、幸子は口ごもりながらも原因を教えてくれた。

「……あの子が中学生のときに、その……警察のお世話になったことがありまして、それを主人が叱責《しっせき》したのがきっかけといえばきっかけでした」

「警察の？」

そういえば近所の奥さん連中が、倫太郎がグレたのは中学の頃だと言っていたなと思い出しつつ、一体何をしたのか、と問いかけた僕は、返ってきた答えに酷くどきりとしてしまった。

「はい。家電量販店で万引きをしたといって……」

「万引き、ですか」

なぜ僕が動揺したかというと、僕もまた中学時代に、万引きの疑いをかけられ警察沙汰《ざた》になりかけたことがあったからだった。

勿論、万引きなどしていない。万引き常習犯の少年グループが、捕まりそうになったのを察し、盗んだ商品を僕の鞄《かばん》に知らぬ間に突っ込んだ。彼らの策略に店主はまんまとはまり、僕を万引き犯と勘違いして両親を呼びつけたのだった。

僕の場合は冤罪《えんざい》だったが、倫太郎はまさかそうじゃないだろう——またも思考が散漫になりかけたのを、気を引き締めることで制した僕の耳に、あまりに衝撃的な幸子の言葉が響く。

「その頃はもう、あの子、服装も乱れていましたし、学校もサボりがちでしたので、私も主人も、店側の言うことを信じてしまったんです。とうとう万引きまでするようになったのかって……あの子が『やっていない』と言うのに耳も貸さず、主人は酷く叱《しか》ったんですが、あとになって、実際万引きをしたのはあの子の友達で、あの子自身はやっていなかったということがわかったんです。友達に誘われたけれどさすがに盗難はできないと躊躇《ちゅうちょ》していたところを店の人に見つかって、隙を見て友達があの子の鞄に盗品を突っ込んで逃げてしまった、という話で

「……」

「…………それは…………」

なんたる既視感――まるで自分の話のような展開に、僕はすっかり言葉を失っていた。

僕の場合も、親が――父親が、息子である僕の言葉よりも店の言い分を信じ、きつく叱責したのだった。

『馬鹿者！　馬鹿者!!』

父に詰《なじ》られながら殴られたあの日の記憶が鮮明すぎるほど鮮明に蘇ってくる。

「捕まったときの態度が悪かったということで、店側が学校に通報したせいで、あの子は退学になりました。それまでの素行が悪かったので、仕方ないともいえますが、本人としてはやってもいない万引きでそんな目に遭うなんてとずいぶんショックを受けたようで、その後本格的にグレてしまいまして」

俯いているために、幸子は僕の動揺にまったく気づいていないようで、ぽつぽつと話を続けていった。

「万引きも本当にするようになりましたし、カツアゲ、というんですか？　転校した公立学校の不良たちと一緒におとなしそうな学生を脅してお金を巻き上げたり、煙草やお酒も……。万引きのときに私たちがあの子の言葉に耳を傾けなかったからでしょう、あの子はもう、私たちがいくら注意しても聞こうとしませんでした。まだ私には口くらいはきいてくれますが、主人との間の溝は埋まらず……何度か取りなそうとしたのですが、主人が頭ごなしに酷く叱りつけた、そのことは絶対許さないと言いまして。主人は主人で、普段の素行が疑われるようなものだった本人に責任がある、と、一歩も引かず……それでも一応、数年前までは、取りなそうとする私に協力し、あれこれとあの子には話しかけてもくれていたのですが、結局どちらも歩み寄れず、ここ何年も、一緒に暮らしていながら一言も喋らないような状態が続いていました……」

「……そうだったんですか……」

僕はそのとき、相槌を打つのがやっとという状態だった。酷く目眩《めまい》がして倒れそうにすらなっていた。

「あ、あの、大丈夫ですか？　真っ青ですよ？」

ふと顔を上げた幸子がぎょっとした表情になり、心配そうに僕に問いかけてくる。

「すみません、大丈夫です」

「お水、持ってきます。どうか座っていらしてください」

あたふたしながら彼女は親切きわまりないことを言い、僕の返事を待たずに応接間を出ていった。

好意に甘えるのはどうかと反省しつつも、目眩は酷くなるばかりだったので、言われたとおりにソファに腰を下ろし、両手に顔を伏せたところでドアが開く音がし、幸子の声が響いてきた。

「お水です。大丈夫ですか？」

顔を上げた僕に問いかけてきた彼女もまた、真っ青だった。

「すみません、貧血のようです」

ありがとうございます、と水を受け取り一口飲むと、ずいぶんと落ち着いてきた。

「よかったです」

ほっと安堵の息を吐いた幸子が、ぽつりと言葉を漏らす。

「主人の遺体を見たからかしら……人って簡単に死んじゃうんだなと思って……」

「大丈夫ですよ」

貧血では死なない、と笑った僕に、幸子は、はっとした顔になった。

「すみません……失礼でしたね」

「いや、失礼ということはまるでないですが」

勝手に殺すな、なんて考えはまったく浮かんでなかったので、僕は即座に否定し改めて彼女に礼を言った。

「ありがとうございました。落ち着きました」

「主人を殺した犯人を見つけるために、頑張ってくださっているんですもの。かえって申し訳ないくらいでそんな、お礼を言ってもらうようなことでは……」

本当に申し訳なさそうにそう告げる彼女を前にする僕の胸に罪悪感が広がっていた。

不眠不休で捜査にあたっているから、体調を壊したのだろうと彼女は思ってくれているようだが、事実はそうじゃない。

だが、『そこまではしていません』と正直に言うほうが失礼だ、という程度のことは僕でもわかったので、そこは何も言わずに辞すことにした。

玄関まで見送ってくれた彼女は僕に、

「よろしくお願いします」

と深く頭を下げて寄越した。

「捜査に進捗《しんちょく》があったらすぐお知らせしますので」

そう約束したあと僕は、その心配はもうあるまいと思いながらも一応、

「何か変わったことがありましたら、どうかいつでもご連絡ください。たとえばご近所でまたチンピラを見かけた、というような」

と幸子に告げたのだが、そうだ、と思いつき幸子に尋ねた。

「倫太郎君にチンピラを見たかということも確認したかったのですが」

「あ……はい。ちょっとお待ちくださいね」

幸子は一瞬躊躇したが、すぐに振り返り階段を上っていった。

「倫太郎、倫太郎、刑事さんがね、最近、近所でチンピラを見なかったかって。あなた、見た？」

階段の上から、ドアをノックしながら幸子が尋ねる声が聞こえてくる。

「うるせーな、知らねえよ」

ドア越しに喚《わめ》く倫太郎の声も聞こえ、幸子が報告せずとも確認は取れたなと僕は肩を竦めた。

幸子が階段を下りてくる音がする。手間をかけさせた詫《わ》びを言わねば、と思っていた僕の耳に、倫太郎が喚く声がまた聞こえてきた。

「親父が誰に殺されようが知らねえよ！　俺には関係ねえから！」

「…………………」

自分の父親が亡くなったのに『俺には関係ない』か――果たして僕は自分の父親が亡くなった場合、彼と同じように思うのだろうか。そんなことを考えているうちに、幸子が階段を下りきり玄関先に佇《たたず》む僕へと近づいてきた。

「申し訳ありません。知らないそうです」

「わかりました。お手数おかけしました」

それでは、と頭を下げ、ドアを出ようとした僕の背に「あの」と幸子が声をかけてくる。

「はい」

振り返ると彼女はおずおずとこう問いかけてきた。

「あの、主人を殺したのはそのチンピラたちなのでしょうか。やはり学長選挙絡みで?」

「……申し訳ありません。捜査中ですので今はなんとも申し上げられません」

実際、捜査は今幸子が言った線で進んでいたが、当然ながらそれを外に漏らすことなどできようはずがない。

遺族なら尚更だ、と通り一遍の言葉を告げた僕に幸子は、

「そうですよね……」

と力なく頷くと、

「よろしくお願いします」

またも深々と頭を下げ僕を送り出してくれたのだった。

森田と待ち合わせた時間にまだ少し余裕があったので、岡林教授宅の裏手の家の奥さんに少し話を聞いた。

彼女はチンピラを見てはいなかったが、チンピラのことはこの界隈《かいわい》で随分と噂になっている

ようで、

「怖いですよねえ」

と眉を顰《ひそ》めたあと、彼女のほうから倫太郎の話題に触れてきた。

「怖いといえば、お隣の息子さんも怖いわよね。父親が亡くなったのに『俺には関係ない』だなんて」

「なぜご存じなんです？」

驚いて問いかけると、途端に奥さんはバツの悪そうな顔になった。

「さっき二階で洗濯物干してたら聞こえちゃって。ウチのベランダ、息子さんの部屋のほう向いているもので」

「……そうだったんですか」

なるほど、と納得したと同時に、期せずして耳に入る会話があるのかもと気づいた僕は、彼女に倫太郎と父親とのことを尋ねてみた。

「親子仲は悪かったんですか？」

「数年前はご主人と息子さん、怒鳴り合いの喧嘩をしていたけれど、今は全然静かだから……こういうことって、奥さんには聞けないじゃない？」

「……まあ、そうですよね」

その後、彼女は僕から捜査情報を聞きだそうとするばかりだったので、早々に聞き込みを切り上げ失礼した。

時計を見ると、待ち合わせ時間に少し遅れそうだったので、覆面パトカーを駐車した場所まで駆けていく。すでに森田は車の傍にいて、僕の姿を認めると時間が惜しいとばかりに運転席に乗り込んでしまった。

「悪い」

急いで助手席に乗り込みつつ詫びると、森田は気にするなというように首を横に振ったあと、すぐに車を発進させた。

「何かわかったか?」

またも車中に沈黙が流れそうだったので、僕から声をかけてみる。と、ハンドルを握る森田はちらと僕を見たあと、

「まあな」

と笑い、パチリとウインクしてみせた。

「何がわかった?」

タレ目がちの目を瞑《つむ》ると、意外に長く、そして密集している睫《まつげ》がばさりと上下する。魅力的としかいいようのないその顔に思わず見惚《みと》れそうになってしまい、照れ隠しからまるで勢い込

んでいるかのようなタイミングで問いかけた僕に、森田が笑顔のまま答えてくれる。

「目撃情報のあった近くの喫茶店にそのチンピラ連中、来ていたんだよ」

「……あ……」

なるほど、飲食店に立ち寄る可能性があったか、と、今更気づいた僕は思わず小さく声を漏らしてしまった。

「それだけじゃない。その店のウエイターの一人が、何か問題があったときの用心にって、チンピラたちが乗り付けた車のナンバーを控えていたんだ。使えるだろ？」

「……本当に……」

凄《すご》い成果だ、と僕は感心したせいで、普段なら『使える』なんて失礼じゃないかと注意をしたであろう場面だというのに、ただただ頷くことしかできずにいた。

「他にもコンビニに立ち寄ったことがわかった。鑑識に連絡を入れ、防犯ビデオのテープを借りる手筈《てはず》は整えたよ」

「……そうか………」

防犯カメラの画像から面が割れる。車のナンバーと、防犯カメラの映像、これでチンピラがどこの組織に属しているか、おそらく特定できるだろう。

短時間でこれほどの成果を上げるとは、と森田に対し、賞賛の眼差しを向けてしまっていた

僕だが、その森田から、

「で？　結城は？」

と問われ、う、と言葉に詰まった。

「……特に何も……」

「どこに聞き込みかけたんだ？」

森田の口調は非難めいたものではなかったが、呆れてはいるようだった。一時間もかけて収穫ゼロでは呆れられても仕方がない。遊んでいたわけではないと主張するべく、僕は行き先を告げた。

「岡林教授の家。息子にまだ話を聞いてなかったので」

「息子？」

森田が意外そうな顔になる。

「息子に何を聞いたんだ？」

「チンピラを見たかどうか」

「見たって？」

「いや、見なかったって」

「で？」

「え？」

『で？』の意味がわからず問い返すと、森田は実にもっともなことを口にし、僕から言葉を奪った。

「チンピラを見たかどうか聞いて、『見なかった』という答えをもらうなら、一分ですむだろ？　あとの時間、何してたんだ？」

「……ああ……」

おっしゃるとおり、と絶句していた僕に、森田が問いを重ねる。

「息子が気になるのか？」

「……ああ」

頷いた僕に、森田が当然の問いかけをしてきた。

「なぜ？」

「…………それは……刑事の勘というか」

「……お前らしくないな」

僕の回答は予想外だったようで、森田が虚を衝かれた顔になる。

「何か気になることがあったんだろ？」

気を取り直し、問うてきた森田に対する説明を僕は躊躇してしまっていた。

気になることは確かにあった。父と息子、同居しながらにして数年間、口をきいていないというのは、普通に考えて異常事態だ。

だが僕には、それ以上に気になっていることがあった。倫太郎の過去である。

その『気になる』は、単に自分の過去とシンクロしてしまっているだけだとわかっているため、他人に言うのは憚《はばか》られた。

他人——自分の思考内に出てきた単語だというのに、やたらとどきりとしてしまう。

これが数日前なら、そう、森田とごく普通に会話を交わしていた頃なら、僕は迷わず彼にすべてを打ち明けていたと思う。

だが、今は彼との間の距離が遠すぎた。自分のトラウマを語ったことがあるのは、あとにも先にも森田一人であるので、打ち明けるべき相手は彼が最適——というより、彼しかいないだろうに、やはり話の口火を切ることはどうしても僕にはできなかった。

「これという確たるものはない。刑事の勘だ」

結局『刑事の勘』なんていう、いい加減な言葉で片付けた僕を、森田はちらっと見やったものの、

「そうか」

と短く返事をすると、視線を前に戻してしまった。

「…………」

心のどこかで僕は、森田がここで引くとは思っていなかったようだ。拍子抜け、としかいいようのない思いが胸に満ちてくる。

もしも森田が『ちゃんと話せよ』と言ってきたら、『実は』と打ち明けたかもしれない。流れる車窓の風景を見やる僕の口から思わず溜め息が漏れる。

意外に大きく響いてしまい、いけない、と首を竦めたが、運転席の森田が僕に『どうした』と問いかけてくることはなかった。

僕のことなど、もう眼中にないということだろう。窓ガラスに映る森田の横顔を見ながら、僕はまたも溜め息を漏らしそうになってしまい、慌てて唇を引き結んだ。

今は個人的な問題に頭を悩ませているときじゃない。一刻も早い事件の解決のためには、何をすべきか、それを考えるときだ。

自分に言い聞かせる己の声がやけに空しく胸の中で響く。

こんな当然のことを言い聞かせている、それ自体を恥ずかしく思えよ、とまたも溜め息を漏らしそうになる自分を律しながら僕は、回らない頭で一生懸命事件についての考察をまとめはじめたのだが、その後の車中、結局森田が一言も喋らなかったことに気づかないほどには、集中力を高められずに終わったのだった。

森田《もりた》が捜査本部に持ち帰った、チンピラが乗っていたという自動車のナンバーと、コンビニの防犯カメラに映っていた彼らの画像から、岡林《おかばやし》教授宅の周辺をうろついていたチンピラの素性が明らかになった。

遠藤《えんどう》組という、比較的大きな団体の下位団体であることがわかり、すぐに遠藤組と岡林教授の対抗馬だった種田《たねだ》教授との繋《つな》がりの裏を取ることとなった。

明日、僕と森田は種田教授周辺の聞き込みに向かうように割り振りが決定し、比較的早い時間に——といっても午後九時は回っていたが——会議は終了、解散となった。

「あー、腹減った」

森田が大きく溜《た》め息《いき》をつきつつそう告げ、周囲を見回す。まだ早い時間なので、誰か食事か飲みに誘うつもりだろうと察しはしたが、声をかける気にはなれず、僕は一人で帰宅しようと荷物をまとめはじめた。

# 4

「森田さん、メシ、行きましょう」

早速森田に声がかかる。声の主が佐々木《ささき》とわかった瞬間、どきりと嫌な感じで鼓動が響いた。振り返りたくなる衝動がわき起こったが、それを抑え込み、尚も帰り支度を続ける僕の耳に、屈託なく森田に話しかける佐々木の声が刺さる。

「久々にあそこ、連れていってくださいよ。ほら、あの焼きそばが美味しい店」

「あー、あそこな。別にいいぜ」

「やったー！　入院中も夢に見たくらいなんですよ。あの焼きそば、マジで美味しいですよね」

「そこまでか？」

「そこまでですよ！」

和気藹々《あいあい》と会話を続ける森田と佐々木は、二人とも実に楽しそうだった。まさに気の合う『コンビ』というわけか、と納得しつつもつい舌打ちしたくなってしまっていた僕は、不意に佐々木から声をかけられ、はっとして振り返った。

「結城《ゆうき》先輩も行きませんか？　マジで美味い店、あるんですよ」

「なんで」

思わずそう問いかけてしまったのは、今まで佐々木から誘われたことなど一度もなかったためだった。

佐々木と特別に仲が悪いというわけではない。付き合いの悪い僕を捜査一課内で誘う人間は、誰一人としていないというだけなのだが、なぜ今日にかぎって積極的に誘ってきたのかと問いかけた僕に佐々木は、頭をかきつつ答えてくれた。

「いやあ、その、結城先輩にだけ、まだ休んでいる間のお礼をちゃんと言えてないですし……」

「……ああ」

昨夜の飲み会に参加しなかったのは、係内では僕だけだった。そのことを言っているんだろうと察した僕は、

「気にしなくていいから」

と言い置き、そのまま帰ろうとした。

「そう言わずに行きましょうよ。マジで美味しいんですって！　きっと結城先輩もファンになりますよ！」

断ったというのに佐々木はなぜかしつこかった。

「絶対後悔はさせませんから。行きましょう。僕、奢《おご》りますんで！」

執拗《しつよう》に誘ってくる彼を断るのが面倒になったということもある。加えて、森田が一言も『行

こうぜ』的な言葉をかけてこなかったことにカチンときてもいた。

「わかった」

それで僕は渋々誘いを受けたのだが、

「やったー！」

と佐々木が無邪気に喜ぶ横では、森田がどこか複雑な顔をしている。その表情にまた、カチンときたこともあり、あまり乗り気じゃなかったにもかかわらず僕は佐々木と森田と共に、佐々木が夢に見るほど好きだという焼きそばの美味しい店へと向かうことになった。

タクシーで向かった先はなんと、新宿二丁目《しんじゅく》だった。もしや、という僕の勘は当たり、なんと佐々木は、かつて一度だけ僕も行ったことのある、森田の同級生、悠太《ゆうた》がやっているゲイバー『YOU&I』へと僕を連れていったのだった。

「いらっしゃあい」

「悠太さん！　お久しぶりです！」

店に入ると同時に、物憂げに声をかけてきた——まだ早い時間ゆえ、店内に客がいなかったためと思われる——悠太に、佐々木は駆け寄っていった。

「あらあ、昴《すばる》ちゃんじゃない！　退院したの？　おめでとー！」

僕が以前来たとき悠太はセーラー服姿だったが、今日の彼はナース姿でそれがまたよく似合った。

「復活しましたよー！　でもまだ内勤なんですが。悠太さんの焼きそば、夢に見るほど食べたかったです！」

「やーん、嬉《うれ》しいー！」

　ひとしきり二人で盛り上がったあと、悠太はようやく僕と森田の存在に気づいたようで、視線を二人へと向けてきた。

「あら、いらっしゃい。祐貴《ゆうき》はともかく、結城ちゃん、お久しぶりねえ」

「え？　結城先輩、この店ご存じだったんですかっ」

　佐々木が驚いたように目を見開き問いかけてくる。

「ああ、まあ」

「森田さんに連れてきてもらったんですか？　いつの間に？　あ、僕が休んでいる間か！」

　問いかけ、一人で答えを見つけたらしい佐々木は、

「なるほどー！」

　と、酷く嬉しそうな顔になった。

「森田さん、結城先輩と随分打ち解けたんだ！　よかったですねえ」

「…………それは一体どういう意味なんだ？」

なぜに佐々木が安堵《あんど》するんだ、と眉を顰《ひそ》めているのは僕ばかりで、森田は、

「いいから、座ろうぜ。焼きそば食いにきたんだろ？」

と僕と佐々木を促し、カウンターへと先に腰掛けた。

「焼きそば三つ」

「何度も言ってるけど、ウチは定食屋じゃないから」

悠太はむっとしてみせつつも、

「酒はあんたが作ってよね」

と、見覚えのあるボトルを後ろの棚から出し、グラスと氷を森田の前にドンドンと置くと、奥へと引っ込んでいった。

「僕、やります！」

森田を挟み、僕と佐々木は座ったわけだが、すかさず佐々木が森田の前からボトルやグラスを取り上げ、三人分の酒を作りはじめた。

「本当に悠太さんの焼きそばって美味しいですよね。お袋の味っていうのかな。別に俺、お袋に焼きそばとか作ってもらったことないんですけど。てか俺のお袋、料理苦手だったから、おかずはスーパーで買ったお総菜が多かったですねえ」

いつしか自分語りになっている。そんな話題を続けながら佐々木が作ってくれた酒を受け取

り、三人でなんとなくグラスを合わせた。

「本当にご迷惑をおかけし、申し訳ありませんでした」

佐々木が改めて僕に頭を下げて寄越す。

「別に迷惑なんてかかってないから」

佐々木がいない分、彼の仕事が僕に割り振られたというような事態は起こらなかった。そもそも佐々木は新人で、そこまで仕事を任されていない。

さすがにそれを言うことはないか、という配慮のもと——僕だってそのくらいの配慮はできるのだ——そう告げた僕に佐々木は、

「だって、森田さんとペア組むことになっちゃったし」

と、あまりに配慮のない発言をし、森田の怒声を誘った。

「ちょっと待て。俺と組むことが『迷惑』って言いたいわけか?」

『怒声』といいつつ、半ばふざけた口調で突っ込みを入れた森田に、佐々木もまた突っ込み返す。

「だって森田さん、結構強引じゃないですか。それに自分の行動の説明もしてくれないし。僕、わけがわかんない状態でよく引きずり回されましたよ」

「そう思ったんなら、思ったときに言えよ。お前が不満を持ってたなんて、今、初めて知った

ぞ」

「不満まではいかないです。まあ、クレーム？」

「もっと悪いっつーの」

まさにツーと言えばカー、丁々発止《ちょうちょうはっし》のやりとりを二人が続けていたところに、

「おまたせえ」

と悠太が、焼きそばの皿を手に戻ってきた。

「わあ、焼きそばだあ」

佐々木の目が輝き声が弾む。

「そんなリアクションされたら弱いわよねえ」

悠太が嬉しそうに焼きそばをまず佐々木の前に置き、続いて森田に、最後に僕の前に皿を置いた。

「どうぞ、召し上がれ」

「いただきます！」

元気に挨拶《あいさつ》をしてから三十秒後、

「おかわり！」

どれだけ早食いなんだ、と驚くべきスピードで焼きそばを平らげた佐々木が悠太に皿を突き

出す。

「どんだけ飢えてたのよう」

呆《あき》れてみせながらも、悠太は実に嬉しそうに、佐々木におかわりをよそってやっていた。

「俺もおかわり」

森田も皿を突き出している。僕も間もなく完食しようとしていたが、なんとなく皿を出すのは躊躇《ためら》われ、そのままにしていた。

一方、佐々木はあと二回『おかわり!』を繰り返し、悠太を喜ばせたが、四回目の、

「おかわり!」

には、

「もうないわよ」

と呆れられていた。

「よく食べるわねえ」

「だって美味しいんだもん」

「『だもん』とか、子供じゃないんだから」

「子供じゃなくても『だもん』くらい言いますよ」

「ぶりっこならね」

「ぶりっこってなんですか」

「昴ってそういや、ぶりっこだったわね」

「やめてくださいよ。ぶりっこじゃありませんって」

じゃれ合う二人に反し、僕と森田は一言の言葉も交わしていなかった。

「どしたの？　なんか暗いわね」

悠太が気づき、二人に話を振ってくる。

「別に」

「いやあねえ。喧嘩《けんか》でもしたの？」

答えたのは森田のみだったが、悠太は大仰に僕と森田の前で眉を顰め問いかけてきた。

「してねえよ」

僕が答えようとするより前に、森田が即答する。僕の答えも『していない』ではあったのだが、先を越され、ちょっとむっとした表情を悠太は見逃さなかった。

「うそ。したわね？」

「してねえって」

「それじゃあ……」

煩《うるさ》そうに手を振る森田の顔を、悠太が覗《のぞ》き込む。

「喧嘩じゃないなら……やっちゃった？」

「はあ？」

森田が素っ頓狂な声を上げる横で、佐々木が、

「やっちゃったってなんですか！」

と更に大きな声を上げる。

「何ってナニに決まってるじゃない」

一瞬焦ったが、悠太は本気で僕と森田が『やっちゃった』と思ってるわけではなく、単に面白がっているだけのようだった。

やっちゃったかどうかと問われた場合、キスやもうちょっと進んだ行為までは『やっちゃった』だが、セックスしたかとなると微妙だ。

まあ、他人に聞かれたからといい、正直に答える義務はないわけだが、などと考えている間に、またも悠太と佐々木の間で話が盛り上がっていた。

「森田さんと結城先輩が『やっちゃ』うなんて、あるわけないじゃないっすか」

「あるわよう」

「ないですって！」

「だって二人、同居してるじゃない」

「ちょ……っ」

森田があたかも、余計なことは喋《しゃべ》るな、というように慌ててみせる。それを見た佐々木は、悠太が嘘を言っているわけではないと察したようで、

「えーっ!!」

と驚きの声を上げた。

「マジっすか？　そういや結構前にアパートが取り壊されるって森田さん、言ってましたっけ。でもなんで？　なんで同居？　同期とはいえ、二人とも全然仲良くないっすよね？」

佐々木は相当驚いているようで、後輩にあるまじきとしかいいようのない失礼な問いを発してくる。

「まあいろいろあってだな」

森田は早くも誤魔化《ごまか》すことを放棄したようで、頭をかきつつ、困ったな、というように僕をちらと見た。

その視線がいかにも、人には知られたくなかったんだけどな、と見えたことに、またまたカチンときた僕は、我ながら不機嫌としかいいようのない口調で、佐々木に事態の説明をはじめていた。

「不幸な偶然が重なった結果、僕の友人が住んでいたマンションで今同居している。それだけ

だ」

「不幸な偶然ってなんですか。ってか、結城先輩って寮じゃなかったでしたっけ？　寮、出たんですか？　それでお友達のマンションに引っ越し？　そこに森田さんが同居？？　駄目だ、もうわけわかりませんっ」

混乱する佐々木に僕は、なぜ自分と森田が同居するに至ったのか、詳細を話してやった。

「そんなこともあるんですねえ」

ようやく納得した佐々木が感心した声を上げ、僕と森田を見る。

「事実は小説より奇なり、だろ？」

森田は佐々木に笑いかけたが、その笑顔は僕に向くことはなかった。そのことに気づき、なんともいえない思いを胸に抱えていた僕の耳に、佐々木の心底同情した声が響く。

「なんていうか……お二人にとって、災難でしたねえ」

「…………」

災難——確かに最初はそう思っていた。同居を解消するために、お互いに出ていけ、と罵《のの》り合ったこともある。

だが今となっては別に『災難』というような状況ではないのだけれど、と僕は思っていたのだが、横に座る森田の見解は違っていたようだった。

「まあね」

苦笑し、肩を竦《すく》めてみせた彼の姿に、酷く衝撃を受けている自分がいる。

否定しなかったということは、森田にとっては同居は未だに『災難』ということなのか——他に選択肢があれば、出ていきたいと思っているのか、と思わず問おうと彼を見たとほぼ同時に、佐々木の、

「そうだ！」

という明るい声が響いた。

「僕が今住んでるアパートの隣の部屋が、今月末にも空きそうなんですよ。隣、近所の大学に通う学生なんですが、今付き合ってる彼女と同棲するのに二人で住む部屋探してるって。そこ、入ったらどうですかね？　建物はちょっと古いけど、家賃安いし、広いし、お勧めっすよ。何せ僕の隣ですから」

そこが一番のお勧めかな、と佐々木が胸を張る横で僕は、森田がどう答えるのかと思わず彼の顔を見守ってしまっていた。

「そこ、売りかなあ」

森田は苦笑したものの、満更でもなさそうだった。僕の胸が自分で驚くほど、ずきりと酷く痛む。

「勿論《もちろん》冗談ですけど、明日にでも大家に話、通しておきますよ。大学生が出次第、入居できるように」

佐々木の言葉に森田はなんと答えるのだろう。

『お願いするよ』

もしくは、

『必要ない』

そのどちらを答えるのだろうかと、いつしか僕は耳をそばだててしまっていた。が、森田が答えるより前に、悠太が話題を変えてしまった。

「昴の住んでるアパートって、二人じゃ暮らせないの？」

「一応、そういうルールみたいです。とはいえ、男同士、女同士はお目こぼしになってますけど」

「あら、男女は駄目なのね？」

「はい。壁薄いもんで、エッチのときの声が響くんですよね」

「男同士だって、エッチするかもしれないのにねー」

「その可能性は大家さん、考えてないみたいですねえ」

ぎゃはは、と笑う悠太に、佐々木が真面目に答える。

「祐貴と結城ちゃんが住んでるマンションは、人数制限ないの？」

悠太が話を振ってきたが、森田が答えないので代わりに答える。

「そもそもファミリー向けの分譲ですから。二人だろうが三人だろうが、住もうと思えば何人でも住めます」

「きゃー、そしたらあたし、同居したーい！」

挙手する悠太に森田が、

「わけわかんね」

と肩を竦める。

「だって祐貴、料理上手じゃん」

「え？　森田さん、料理なんてするんだ」

それから話題は森田の料理へと流れていき、僕を除いた三人で場は異様な盛り上がりをみせた。

「やばい。終電なくなるんで帰ります！」

零時半を回る頃、佐々木が腕時計を見て慌てた声を上げ、飲み会はお開きとなった。

「出します！　今日はお礼なので！」

佐々木が頑張ったが、結局支払いは森田のツケということで話がついた。

「すみません！　ご馳走《ちそう》さまでした！」

僕と森田は、そう距離がないのでタクシーで帰ることにし、駅に向かってダッシュする佐々木を見送った。

「森田さん、それじゃ、大家に話しておきますんで！」

佐々木はそう叫ぶと「お先に！」と僕に頭を下げ、松葉杖をつきつきではあったが、結構速いスピードで駅を目指して駆けていった。

「なんだ、あいつ、走れるんだ」

森田がぼそりと呟《つぶや》き、ちらと僕を見る。

「帰るか」

「ああ」

僕の返事を待たず、森田はタクシーをつかまえるべく歩きはじめていた。その背を追う僕の脳裏に、佐々木のアイドル顔が蘇《よみがえ》る。

佐々木は森田を慕っており、森田もまた佐々木を可愛《かわい》がっている。

『なんだ、あいつ、走れるんだ』

先ほど森田が告げた言葉の裏には、『なら内勤じゃなくても大丈夫なんじゃないか？』という思いが潜んでいたのではないかと思えて仕方がない。

いよいよコンビ復活だ。嬉しいな。そう考えていたんじゃないかと思うと、なぜだかやたらとむかついてきた。

コンビ復活ばかりか、森田は佐々木と同じアパートに越そうとしている。そのことにも僕はなぜだか、非常にむかついていた。

越すなら越せばいい。そもそもあの部屋に僕は一人で住む予定だったのだ。そこに図々しく森田が割り込んできただけであり、森田が出ていってくれるなら、めでたいことこの上ない。来月といわず、すぐにも出ていってもらってかまわない。男同士の同居がオッケーだったら、隣の部屋が空くまで待たず、いっそ明日にでも佐々木の部屋に越したらどうだ？

そう言ってやろうと思ったはずなのに、口にした途端後悔しそうな気がして、喉《のど》もとまででかかった言葉を呑み込んだ。

タクシーを捕まえるまでも、乗り込んだあとも、僕と森田の間に会話はなかった。マンションに到着し、それぞれの部屋に入るときに、

「おやすみ」

と森田は声をかけてきたが、僕が「おやすみ」と答えるのを待たず、部屋に入ってしまった。

バタン、と目の前でドアが閉まった瞬間、僕はなぜか泣きたい気持ちに陥った。

ドアを叩《たた》き、森田に問い質《ただ》したい。

『同居は解消する気なのか？』

だがその勇気はいくら待とうが僕の中にわき起こってこなかった。

寝室へと向かい、ベッドに腰を下ろす。二人で寝る用に買い換えたベッドは、僕一人ではやはりスペースがありすぎた。

一緒に寝ようと誘えば、森田は了承してくれるんだろうか。

断るべき理由を想像したが、一つも思い当たらない。森田の部屋にはベッドがないゆえ、彼は床で寝ていると思われるのだが、床よりこのベッドのほうがどれだけ寝心地がいいことか。

そう思いはするものの、やはり森田の部屋のドアをノックする勇気は出ず、僕はそのままごろりと仰向けに横たわり天井を見やった。

仕事上のパートナーも解消、そして同居も解消か――。

もともと、森田とは少しも気が合わなかった。同居するときにも勘弁してほしいと思ったし、仕事でペアを組めと命令されたときにも、冗談じゃないと憤ったはずだった。

なのにそれが解消されようとしている今、なぜ僕の胸にはこうもやりきれないとしかいいようのない思いが溢《あふ》れてくるのだろう。

わけがわからない、と溜め息をつく僕の脳裏に、佐々木とそれは楽しそうに話していた森田の笑顔が蘇る。

僕といるとき、彼はあそこまで楽しげに笑っていない気がする。最近では殊更難しい顔をすることが多くなった。

彼にとって僕との同居は負担でしかなかった。そういうことなんだろうか。

その答えを出す勇気はなく、とりあえず眠ろうと目を閉じた僕の胸には、自分でも説明しがたいもやもやとした思いが溢れ、随分と長い間僕を眠りの世界から遠ざけてくれたのだった。

## 5

翌日、僕と森田は前日同様、二人で聞き込みへと向かい、一時間後に覆面パトカーで待ち合わせということになった。

「二時間後でもいいか？」

そう提案したのは、僕がこの場所での聞き込みをする気がなかったためだった。

僕はどうしても、被害者である岡林教授の息子の存在が気になっていた。そのことは捜査会議で主張したのだが、相手にしてはもらえなかった。

「息子は事件当日、別の場所にいたんだろう？」

関係ないだろう、と言われては反論できず、主張を引っ込めざるを得なかった。

自分でも、息子を気にしてしまうのは、自分のトラウマと彼の過去を重ねているだけなのか、それとも実際に息子は事件に関与していると思っているのか、その判断をつけることはできなかった。

判断するためにも、息子についてもう少し理解を深めたいと思い、単独で調べに行こうとしていたのだった。

森田は僕の提案をあっさり受け入れ、僕たちは二時間後に待ち合わせをして別れた。すぐさま僕は事件当夜、倫太郎《りんたろう》が一緒にいたという学生に話を聞きに行った。

「えー、また刑事さん？　この間来た人とは違うね」

倫太郎と一緒にいたのは、佐藤《さとう》という大学の同級生だったが、彼は自宅であるアパートにいた。

さも迷惑そうに応対する彼の態度が少々気になる。後ろめたさを感じるのは気のせいか、と思いつつ、少し揺さぶってみることにした。

「事件のあった日の深夜、岡林君は君の部屋にいたので間違いないね？」

「しつこいな。何回同じこと言わせるんだよ」

そのとおりだよ、と吐き捨てる佐藤はやはり、嘘《うそ》をついているようにしか見えない。

もしや倫太郎にアリバイ工作を頼まれたのではないか。頭に閃《ひらめ》いたその考えを確かめるべく、佐藤に脅かしをかける。

「間違いないかな？　故意に嘘をつくとそれなりの罪に問われるよ」

「アリバイを偽証してるとでもいうのかよ。証拠は？　ちゃんと裏取った上で言ってんだろうな？」

証拠を聞いてくるリアクションは九割方、心に疚《やま》しいところがある人間のとるものだ。やはり嘘か、と僕は内心溜め息をつきつつ、軽い気持ちでアリバイ工作に荷担すると、この先の人生、いかに後悔する展開が待っているかを説明してやった。

「勿論、君が嘘をついていると思っているわけではないよ。ただもし事件にかかわることで嘘をついていた場合はそれなりの罪に問われることになる。すぐさま刑務所に入れられるなんてことはないだろうが、そうだな、就職が内定している会社から、内定を取り消されるくらいのことはあるかもしれないね」

「え」

途端に佐藤の顔色が変わる。就職氷河期の今、最も有効な脅かしはやはりこれだよなと思いながら僕は、最後の一押し、とばかりに佐藤に話しかけた。

「君が嘘などついていないというのなら、何も気にすることはないよ。ただもし、君が軽い気持ちでアリバイ工作を引き受けたりしていたら、この先の人生で後悔することになるだろう。そういう話だ。今のところまだ取り返しはきく。あくまでも『今のところ』で明日にはどうなるかわからないけれどね」

「…………あの…………」

ちょっと脅かしたのがきいたらしく、佐藤は真っ青な顔で、僕に問いを発してきた。

「警察はやっぱり、岡林を疑ってるんでしょうか」

「……というと?」

とにかく全部喋らせようと先を促す。佐藤は一瞬躊躇《ちゅうちょ》したものの、すぐにふっきれた顔になると、予想どおりの言葉を口にし、僕に心の中でガッツポーズを取らせたのだった。

「実は……岡林に頼まれたんです。親父さんが殺されたとき、アリバイがないから一緒にいたことにしてほしいって。勿論自分は父親を殺してなんていないが、親子仲は最悪だったから、もしかしたら警察に疑われるかもしれないって言われて……あいつが父親を殺すようには見えなかったし、まあ、一応友達でもあるんで軽い気持ちで引き受けてしまいました。すみません」

最後、物凄《ものすご》い早口になりながら、佐藤は一気にそこまで喋ると僕に対し深く頭を下げて寄越した。

「……もしかして、お金、貰《もら》ったのかな?」

『一応友達』の『一応』が気になり問いかける。これもまたビンゴだったらしく、佐藤はぎょっとした顔になったあと、がっくりと肩を落とした。

「……三万円……もらいました……」

「三万で人生棒に振らずにすんで、よかったじゃないか」

そう言い、佐藤の肩を叩くと僕は、倫太郎がアリバイ工作を頼んできた際の詳細を彼に尋ねた。

「詳細っていっても……」

たいした話はない、と言いつつも佐藤が話してくれたところによると、状況は次のようなものだった。

事件の翌朝、テレビのニュースで佐藤は、岡林教授の死を知り、倫太郎に『お父さん、殺されたんだって？』とメールを入れたところ、すぐに倫太郎から折り返しの電話があり、アリバイの偽装を頼まれたという。

「親子仲が悪いとはよく言ってたし、警察に疑われでもしたら就職活動に差し障ると言われたら他人事《ひとごと》じゃなくて、つい引き受けてしまったんです」

実際、事件当日は、佐藤は倫太郎の姿をまったく見ておらず、倫太郎が事件前後にどこにいたかも、聞いていないということだった。

「お願いです。内定先には知らせないでください」

やっともらえた内定なんです、お願いします、と佐藤は何度も僕に頭を下げたあと、忌々《いまいま》しげに舌打ちした。

「あー、馬鹿やった。あんな奴の頼みなんて聞かなきゃよかった」

たいして仲がいいわけでもないのに、とぶつぶつ言っている彼に僕は、三万円に目が眩《くら》んだくせにと言ってやりたい気持ちを抑え、倫太郎の人となりや彼との付き合いを聞いてみた。

「同じゼミなんですよ。人となりとかはよく知らないです。大学入るまでは結構荒れてたって聞いたけど、今はそうヤバいことやってるようには見えませんでした。あいつ、顔いいし、金払いいいしで女の子にもモテるんです。傍にいるとおこぼれくるっていうか」

へへ、と笑う佐藤は、どうやら倫太郎に対し、そう友情は感じていないようだった。他に倫太郎と仲がよかった学生を尋ね、彼への聞き込みはここで終了することにした。

「そういや岡林君は金髪だったけれど、就職活動はしていたんだろうか？」

ふと思いつき尋ねると佐藤は、

「これからするって言ってましたよ」

もう四年なのに呑気《のんき》ですよねえ、と肩を竦めた。

「母親が奴に激甘で、欲しいといえばいくらでも金をくれるって言ってましたよ。いいご身分ですよね」

羨《うらや》ましげに言い捨てる佐藤こそ、倫太郎を金ヅル扱いしていたのではないかと思いながら僕は彼のもとを辞し、教えてもらった他の学生に話を聞くべく大学へと向かった。

倫太郎の『友人』とされる学生からは、倫太郎の人となりや交友関係について尋ねても、皆佐藤と似たような話しか聞くことはできなかった。

倫太郎と昔付き合っていた女性からも話を聞くことができたが――ショップの店員だった――彼女からも、

「あんましよくわかんなかった」

の一言で片付けられてしまった。

「怒りっぽいしさ、それに暗いよね。お父さんの悪口はよく言ってたけど、結局はそのお父さんが稼いだ金で遊んでるわけでしょ。甘いよねぇ」

自分で生活してみなさいよ、としっかり『自分で生活』している彼女はそう言い、そのあたりがむかついてきたので、ちょっと大きな喧嘩をしたのを機に二ヶ月も付き合わずに別れた、と口を尖《とが》らせた。

「そういや、お父さん、殺されたってニュースで見たけど、倫太郎が犯人って疑われてるの？」

ユキナという名の彼女が、興味津々《しんしん》とばかりに問いかけてくる。が、僕が、

「そういうわけではありません」

と一応の否定をすると、

「そうよね」

うんうんと頷《うなず》きつつ、冷笑という表現がぴったりの笑いを浮かべてみせた。

「親、殺したらもう、遊ぶお金、手に入らなくなっちゃうもんね。それに倫太郎に親、殺すような勇気、あるわけないし」

いい加減なワカモノだったよ、と、自分も二十歳という『若者』のくせにそう言うユキナに僕は、なぜ倫太郎が父親と仲違いをしたかを知っているか、と尋ねてみた。

「ああ、確か、中学生のときに、やってもいない万引きだか喫煙だかで停学になったのを怒られた、だったっけ？　そんなことでグレられたら、親もたまったもんじゃないよね」

「…………」

自分のトラウマと重なる出来事を『そんなこと』で片付けられ、僕は一瞬言葉を失った。ユキナは僕のリアクションなど気にせず、「だってさあ」と話し続けている。

「やったって思われたってことは、それまでそれなりの生活態度、とってたってことでしょ？　真面目に中学生やってたら、お父さんだって聞く耳くらい持ってくれただろうしさ」

「…………まあ、そういうことなんだろうな」

本人、とても学生時代の生活態度がよかったとは思えない外見をした二十歳の小娘の言葉に、僕は打ちのめされていた。

疑われる自分の側にも問題があった——僕の中にその反省は欠片《かけら》ほどもなかったことを思い知らされたからだ。

中学時代の倫太郎がどのような生徒だったかは知らないが、僕は中学生のとき、果たしてどんな子供だっただろうか。

帰国子女でなかなか友達もできず、教室内で孤立していた毎日にふて腐れてはいなかっただろうか。

父親に話しかけられても満足な返事もしなかったのではないか。いや、そうなったのは、父親に万引きの疑いを否定されなかった、そのあとのことか。

いつしか自身の思考の世界に囚われていた僕は、

「刑事さん?」

とユキナに呼びかけられ、はっと我に返った。

「もういいですか? そろそろお店、混み出す時間なんで……」

「ああ、すみません。ありがとうございました」

職場に戻りたいという彼女に礼を言い、送りだそうとすると、

「そうだ、倫太郎に会ったら、貸した五千円、返してって言っといてください」

ユキナはそう言い残し、その場を駆け出していった。

「……疑われるほうにも責任がある、か……」

確かにそのとおりかもしれない。思わず溜め息を漏らした僕の脳裏に、父の顔が蘇る。厳格を絵に描いたような父だった。今は母とジャカルタに住んでいるから、随分と長いこと会話はしていない。母親とはたまに電話で話をするが、考えてみたら父とはもう、一年以上口をきいていなかった。

倫太郎と同じだな、と気づき、またも溜め息が漏れそうになる。が、今は落ち込んでいる場合ではない、捜査に集中せねばと気持ちを切り替えると僕は、本部に連絡を入れるべく携帯電話をポケットから取り出したのだった。

捜査本部に、倫太郎が嘘をついていた旨連絡を入れた僕に与えられた指示は、当初の予定どおり種田教授と遠藤組の繋がりを探せというものだった。

『馬鹿もん！』

指示と一緒に、塙《はなわ》係長には雷まで落とされた。命令違反も甚だしい、勝手な行動は慎め、という係長の叱責《しっせき》は至極もっともではあるが、倫太郎がアリバイ工作をしていたことを捨て置くことはやはりできなかった。

森田との待ち合わせ時間まで、あと十五分足らず。どうするか、と考え、携帯を取り出す。電話にすると、いろいろ面倒かと思い、メールで待ち合わせには行かれないと打ち、送信した。

その後、電話がかかってこないようにと電源を切り携帯をポケットに突っ込むと僕は、岡林教授の自宅へと向かうべく駅を目指し駆け出した。

間違いなく命令違反である。懲戒処分を受ける可能性だってゼロじゃないことは、勿論僕にもわかっていた。

普段の僕なら、係長を説得し、許可を得た上で行動しただろうに、何をやっているんだか、と自分で自分に呆れてしまう。

ペアを組んでいる森田に対しても、何も伝えず単独捜査に向かっている。せめて森田にはどこに何をしに行くのか、そのくらいは説明してもいいんじゃないか、という気はしていたが、結局、メール以上のことはせずにすませてしまった。

どうせ森田とは暫定《ざんてい》的なペアだ。正式に彼がペアを組んでいた佐々木が戻ってきた今、いつ解消されるかわからないのだ。

それなら別に、知らせずともいいじゃないか——なんて理屈が通るわけがないことは、勿論僕にだってわかっている。理性は行動にストップをかけているのに、感情が僕を突き動かしていた。

地下鉄からJRに乗り継ぎ、岡林教授の家の前に立つ。ポケットから携帯を取り出し電源を入れると、予想どおり着信ありの表示が出た。留守番電話も入っているようだが、敢えて聞かずに再び電源を切る。

インターホンを鳴らす際、緊張が込み上げてきた。何年刑事をやっているんだ、情けない、と自分を叱咤《しった》しつつも、どうやって話を進めていくか、ざっと頭に思い描く。

まずは倫太郎にアリバイ工作のことを聞く。なぜ、そんなことをしたのか。そして実際、事件のあった夜に、彼がどこにいたかを確認する。

母親の様子からして、家にいたとは考えにくい。果たして実際のところはどうだったのか、それを確認すればいい。

裏が取れれば、倫太郎を容疑者のリストから削れるのだから、と心の中で呟くと同時に、僕は自分が倫太郎を『容疑者リスト』に入れていたことに今更ながら気づいた。

息子が父親を殺す——実の親を、そこまで憎むことができるだろうか。

果たして自分は、と、父親を頭に思い浮かべてみたが、答えは出なかった。少なくとも僕は、今現在、父を殺したいとは思っていない。だがそれは僕個人の感覚であり、倫太郎が同じである保証はない。

当たり前のことだよな、と溜め息をつく僕の頭にふと、僕は父を憎んでいるのだろうか、という疑問が浮かんだ。

「………」

憎しみ――そういった激しい負の感情は、この胸には宿っていない気がする。だが、それなら愛しているか、と問われたら、首を横に振る自信はあった。

万引き犯と決めつけたことを、許せるか、と、新たな問いを発してみる。

許すも許さないもない。あの時点で僕は、父に期待することを一切やめた。理解してもらいたいとも、理解したいとも思わなくなった。血の繋がりはあるものの、他人と同じだと思うようになった。

あれから十年以上経っているが、その気持ちに変化はない。憎むより前に僕は、父親に対する己の感情に蓋をした。

だが倫太郎は――？

彼にとっての父親は――岡林教授は、どのような存在だったのだろう。それを聞いてみようとインターホンを押しかけたとき、不意に背後から声をかけられ、僕ははっとして声の主を振り返った。

「あら、刑事さん、また聞き込み？」

「あ、こんにちは……」

声をかけてきたのは、ちょうど今、買い物から帰宅したと思《おぼ》しき裏手の家の主婦だった。エコバッグを手に提げたまま、好奇心に爛々《らんらん》と目を輝かせ僕へと近づいてくる。

「奥さんはいらっしゃらないみたいよ。さっき駅前でお会いしたんだけど、お母さんが倒れられたんですって。こんなときにいろいろ重なるなんて、大変よねえ」

人は悪くないのだろうが、いかにも噂好きそうな奥さんは、心持ち声を潜めるようにしてそう言い、僕に相槌《あいづち》を求めてきた。

「そうなんですか」

仕方なく返事をすると、ますます声を潜め、

「数日、留守にするかもって言ってたわよ」

お気の毒よねえ、と話をあくまでも続けようとする。

「奥さんのお母さんって、確か、市川《いちかわ》あたりにお住まいだったのよ。ここからだと結構距離、あるわよね。毎日通うようになったら大変だわ。奥さんが倒れないといいけど……」

「あの、息子さん——倫太郎君は、一緒でしたか？　それとも家にいるんでしょうかね」

放っておくとエンドレスで岡林夫人の実家事情を話し続けかねない気配を察し、問いかける

ことで話を中断する。

「奥さんお一人だったわ。息子さんは家にいるんじゃないかしら」

ちらと奥さんが目を上げ、二階の窓を見やる。僕もつられて視線を向けたが、そのとき一瞬、カーテンが揺れたような気がした。

いるのか、と気が急《せ》いたあまり僕は、

「だいたい、あの息子さんがお母さんに付きそうわけないわよ」

と、尚も話を継続しようとする奥さんとの会話をいかにして打ち切るかを考え、やはり強引にいくしかないかと一瞬で決めて実行する。

「ありがとうございました。それでは」

一方的に挨拶をし、インターホンを押そうとしたが、そのとき奥さんが、

「あ、そうそう！」

と、いきなりインターホンに向かい合った僕のすぐ横に移動し、顔を覗き込んできたため、さすがにぎょっとなって動きを止めた。

「はい？」

「昨夜主人に聞いたんだけど、こちらのご主人と息子さん、ちょっと前の夜中に、久し振りにえらい剣幕で言い争っていたみたいよ」

「え？」

思わず驚きの声が漏れる。倫太郎と父親は、何年も口をきいてなかったんじゃないのか、と思ったためなのだが、奥さんは、昨日は適当なことを言ったのかと、僕が彼女を非難しているとでもとったらしかった。

「本当に久々だって主人も言ってたわよ。ウチの主人、スモーカーなもんだから、寝る前に二階のベランダで煙草吸うんだけど、何日か前に久々に聞こえたんですって。あたしはそのとき、お風呂かなんか入ってて、聞いてはいないんだけど」

刑事の聞き込みがあった、という話題が昨夜の夕食時に出た際、そういえば、と夫が思い出したのだという。

「何日前だか、正確にわかります？」

「さあ……一週間以内だとは思うけど」

主人もいつとは言ってなかった、と彼女は首を傾げつつもそう答えると、話の続きをしはじめた。

「別に聞き耳立ててたわけじゃないけど、ベランダにいるといやでも聞こえちゃうじゃない？なので主人も早々に煙草タイムを切り上げたっていうんだけど、父子で凄い剣幕で怒鳴り合ってたって。岡林さんのご主人が息子さんに何か注意したらしいんだけど、そしたら息子さんが切れて喚《わめ》き散らしたって。親父は全然変わってないとか、まだそういう目で見てたのかとか」『聞き耳立ててたわけじゃない』のなら、そこまで内容を把握することはできなかったんじゃあ、という考えがどうやら顔に出てしまったらしい。

「そういうわけだから。昨日、嘘言っちゃったことになっちゃう、と気になってたので、お伝えできてよかったわ」

それじゃあね、と奥さんは軽く会釈をし、そそくさと自分の家へと向かおうとした。

「あの、奥さん」

この分なら、突っ込めばもう少し詳しい話を聞けるかもしれない。僕はそう思い、慌てて奥さんの背に声をかけた。

「ご主人、他に何か耳にされませんでした？　たとえば……そう、岡林教授は息子さんの何に対して注意をしたのか、とか……」

「さすがにそこまでは……さっきも言いましたけど聞き耳を立てていたわけじゃなく、偶然聞こえたってくらいですから」

だが奥さんの口からはそれ以上の情報を得ることは叶《かな》わず、結局僕は彼女が家の中に入るのを見送るしかなかった。

「…………さて、と」

改めて岡林家の二階を見上げる。

父親とは何年も話をしていない。昨日、倫太郎は確かにそう言っていた。明らかに彼は嘘をついたことになるが、なぜ嘘をついたのか。

アリバイ工作にも、そしてこの嘘にも、もしかしたらたいした意味はないのかもしれない。本人が友人である佐藤に言ったとおり、普段から父親との不仲を公言しているだけに、変に疑われたくない、それだけのことなのかもしれない。

だがたとえそうだとしても、事実の確認は必要だ、と僕は一人頷くと、意を決しインターホンを押した。

十秒、二十秒――不在か、はたまた居留守をつかおうとしているのか、インターホンに応答はない。

三十秒待ってから、もう一度インターホンのボタンを押そうとしたそのとき、プツ、とスイッチが入った音と共に低い男の声が響いてきた。

『……はい……』

「昨日お伺いした警視庁捜査一課の結城です。倫太郎君に少しお話をお聞きしたいのですが」

落ち着け、と自分に言い聞かせつつ、インターホンに話しかける。

『話すことなんかねえよ』

ある意味予想どおりの答えが返ってきた。昨日も倫太郎は頑なに話をしようとしなかった上に今日は母親というクッションもない。

ドアを開けてもらえずに終わる可能性もあるなと思った瞬間、僕の中で急速に焦燥感が膨らんだ。

少しでも冷静になれたなら、今、こうも焦って倫太郎の話を聞く必要はあるかどうかと考えたことだろう。

彼に逃亡の可能性があるか否かを判断の上、出直す、という選択肢もあったはずなのに、なぜだか僕は、すぐにも倫太郎が事件当夜、どこで何をしていたかを問い詰めたいという願望を抑えられなくなっていた。

それこそ、刑事の勘が働いたのかもしれない。それで僕は倫太郎にドアを開けさせるべく、切り札の一部を晒《さら》すことにした。

「二つ三つ、確認させてほしいんだ。先ほど君の友人の佐藤君に話を聞きに行ったんだが、その件でちょっと」

『…………………』

君の嘘はバレている——そう言いたい僕の意図ははっきり伝わったようだった。沈黙するインターホンに僕は尚も話しかける。

「五分でいいから話を聞かせてくれないかな。拒絶するというのなら、本部に戻ってしかるべき手続きを踏んでからまた来るつもりだけど」

『…………………』

実際、今の状態では倫太郎に対し強制的に話を聞く手続きなどとりようがなかった。僕のやっていることは単なる脅かしだ。倫太郎にそのことを気づかれる可能性は十分すぎるほどあったが、幸いなことに彼は僕の脅かしに乗ってくれた。

インターホンは無言の状態が続いていたが、かちゃ、と鍵が開く音がし、玄関のドアを倫太郎が小さく開いたのである。

「……やあ」

いかにも不機嫌そうな顔をしている倫太郎に僕は愛想笑いを浮かべ会釈した。

「話すことなんかねえよ」

ぶすっとしたまま言い捨てた彼が、ちらと僕を見る。

きつい眼差しの奥に怯《おび》えの色を見たと思った瞬間、今までもやっとした疑念でしかなかった考えがたちどころに信憑性《しんぴょうせい》を増した気がした。

「立ち話もなんだから、家にあげてくれないかな」

それを確かめるためには、しっかりと彼と向かい合わねばならない。それゆえ僕は一歩前に踏み出し、倫太郎にさらに大きくドアを開かせようとしたのだが、それが自分の身を危険に晒すことになるという考えにまでは至らなかったのだった。

# 6

「なんだよ、確認したい話って」

倫太郎は僕を、前日、彼の母親が通してくれたのと同じ応接間に通してくれたが、室内はやや雑然としていた。

実母が倒れた知らせを受け、とるものもとりあえず幸子《さちこ》は家を出たからだろう。そう思いながら室内を見回していた僕に、倫太郎がそう声をかけてきた。

「佐藤がなんだって？　あいつ、嘘ばっかりつくからな」

僕が何を言うより前に、倫太郎が先回りをしたようにそう告げ、ちらと僕を見た。やはり間違いないようだという確信を抱きつつ僕は、いかにして倫太郎に真実を語らせるかと一瞬のうちに考えを巡らせ、その後口を開いた。

「佐藤君は君から頼まれて、お父さんが殺された事件の夜、君と一緒にいたと証言した——そう言っていた。謝礼として三万円をもらったと」

「嘘だよ。そんなの。あいつ、あんたをからかったんだよ。もういっぺん、聞いてみな。さっきのは嘘だって言うに決まってっから」

ばっかじゃないの、と言いたげな顔で倫太郎は一気に喋ると、ポケットに手を突っ込み煙草を取り出した。箱から一本出そうとする指先が微《かす》かに震えている。

「今度はいくら、渡すのかな?」

おそらくそういうことだろうと察し、ストレートにぶつけると、倫太郎は、はっとした顔になり、ようやく咥《くわ》えたばかりの煙草をぽろりと取り落とした。

「な、何言ってやがる!」

動揺激しいさまを見ても、彼と佐藤、どちらが嘘をついているかは明白である。いい加減、嘘だと認めろ、と僕は彼をきつく見据え厳しい声を出した。

「作られたアリバイなど崩すのは簡単なんだぞ!　警察を舐《な》めるな!」

「……っ」

僕が上げた怒声に、倫太郎がびくっと身体を震わせる。これで観念するだろう、と僕は彼を睨《ね》め付け、問い詰めていった。

「どうしてアリバイ工作なんてしたんだ!　それに君はもう一つ、嘘をついている!　お父さんと何年も話していないとこの間言っていたが、ほんの数日前にお父さんと君が夜中に口論していたと近所の方が言っている！　どういうことなのか、はっきり説明してもらおう！」

「…………」

怒鳴りつけると倫太郎は、ギラギラと光る目で僕を睨み付けてきた。彼の口が開く気配はない。もう一押し、と僕は更に一歩を踏み出し、彼を問い詰めようとした。

「一体君は何をお父さんと言い争っていたんだ？」

「うるせえっ」

倫太郎が怒鳴り返してきたと同時に、僕へと向かってくる。物凄い勢いに避《よ》けきることができないでいたところに、身体を低くした彼の頭突きを食らわされた。

「うっ」

背後に吹っ飛んだ、そこに運の悪いことにサイドボードがあった。ちょうど角に後頭部がめり込んだと認識した直後、意識が薄れていく。

「うるせえ！　うるせえ、うるせえ、うるせーっ」

がなり立てる倫太郎の声が遠くに聞こえる。油断したなと反省するより前に僕の意識は混濁し、そのまま気を失ってしまったようだった。

どのくらい気を失っていたか、定かではない。意識が戻ったとき、強打した後頭部がずきずきと痛んだ。

瘤《こぶ》にでもなっているに違いない。だが、瘤程度ですんで助かった、と後頭部に手をやろうとしたとき、今更ながら両手を後ろで縛られていることに気づいた。

ぼんやりしていた思考がいきなりクリアになる。慌てて起き上がろうとしたそこは、僕が気を失った岡林家の応接間だった。

痛む頭をゆっくりと巡らし周囲を見渡したが、僕を気絶させた倫太郎の姿は室内にはないようだった。

手ばかりか、足も、足首と膝のあたりでしっかりと縛られており、起き上がることもかなわない。こうして僕を縛り上げたということは即ち、そういうことだろう、と思わず溜め息を漏らしたそのとき、がちゃ、とドアが開く音がし、小さく開いたドアの隙間から倫太郎が室内を覗き込んできた。

「君！」

僕が声をかけると、倫太郎はぎょっとした顔になり、すぐドアを閉めてしまった。それから待つこと約五分、ようやくドアが開き、のっそりと倫太郎が入ってきたが、相変わらず彼の目はギラギラと、変な輝きを湛《たた》えていた。

ちょっとヤバいかもしれない——相当追い詰められているように見える倫太郎の表情を前に僕は、あまりにも無防備だった自分を反省し心の中で舌打ちした。

観念するしかない状況に陥った際、人間の行動パターンはいくつかあるが、大まかに分けて諦めるタイプと自棄《やけ》になるタイプに二分されるのではないかと思う。

自棄になり、暴力的行為、もしくは破壊行為に至ったとしても、状況はまるで変わらない。それがわからない人間はまずいないが、それでも暴れずにはいられない。今の倫太郎がまさに、典型的なそのタイプの表情をしていた。

殴られ、蹴られる。そのくらいですめばいいが、下手したら殺される可能性だってある。どうするかな——彼の気持ちを和らげ、反省へと持っていく方法を僕は必死で考えはじめた。あたかも落ち着きまくっているようだが、実際、鼓動はばくばくと胸から心臓が飛び出しそうな勢いで脈打っていたし、喉だってカラカラだった。

だが動揺すればするだけ己の身に危険が迫ることがわかっているから、できるだけ平静さを保とうとしているのだ。この非常時にそんなことをつらつら考えているあたり、充分動揺しているわけだが、と自分でもわけのわからない思考を頭の隅に押しやると、僕はできるだけ相手を刺激しないよう気をつけつつ、静かな口調で倫太郎に話しかけた。

「倫太郎君、まず、話をしよう。どうして君はこんなことをするのかな？」

「……うるせえ」

倫太郎の口からぼそりと言葉が漏れる。

下手に出ても、上段に構えても、どっちにしろ危険なようだ、と僕は彼の、まさに自棄になっているとしか思えないやさぐれた顔を見やった。

同じなら合理的にやろう。そう思いつつ口を開く。

「今なら僕は、君に殴られたことも、こうして縛られていたことも公にするつもりはない。君は公務執行妨害でも、暴行でも、拉致《らち》監禁でも罰せられることはない。すぐに縄をほどいてくれ」

「うるせえって言ってんだろ！　何が公務執行妨害だ！　何が暴行だ！　何が拉致監禁だ！　そんなもんはもうどうだっていいんだよ！　俺は人殺しなんだ！　余罪がいくらつこうが、関係ないんだよ！」

「……………」

吐き捨てるようにそうがなり立てた倫太郎を、やはり、という思いを胸に僕は見上げていた。視線に気づいたらしく、倫太郎がはっとした顔になり、改めて僕を睨みつけてくる。

ああ、殺気だ——異様な輝きを増した彼の目には、今、はっきりと殺気が現れていた。

殺されるかもしれない。いや、その可能性大だ。身を守ろうにも手足の自由を奪われていては抵抗もできない。

きっと無駄だろうなと思いながら僕は、倫太郎の説得を試みた。

「一人殺すのと二人殺すのでは、大きな差があるよ。一人ではまず死刑にはならない。二人だと死刑になる確率は跳ね上がる」

「尊属殺人はどうせ死刑だろ？」

怒鳴り返す彼に、

「その条項はもう一九九五年に廃止されているから」

と答えはしたが、倫太郎はもはや聞く耳を持たなかった。

「死刑にでもなんでもしやがれ！　もう俺はどうなったっていいんだよ！」

「ちょっと待ってくれ。どうしてそう自棄になる？　そもそも君はどうしてお父さんを殺したんだ？　数日前に言い争っていたのはなぜだ？　せめてそれを教えてくれ」

時間稼ぎをしようという意図はあまりなかった。稼いだところで、僕を助けにくる人間がいるとはとても思えない。

僕が連絡を絶ってからまだ数時間しか経ってない。塙係長はじめ、皆が僕の行方を心配するのは、明日になっても僕が職場に現れず、連絡もとれないとなってからだろう。

携帯の電源は自分で落とした。もしも今、僕が捜査本部の指示を一切無視し、勝手な行動をとっていることが問題視されたとして、行方を探せとなったとしても――まあ、そんなことはほぼないと思うが――ＧＰＳをたどろうにも電源が入っていなければ探しようがない。

何もかも、今となっては『しまった』の連続だった。一番の失策は、一人でここに来たことだ。

倫太郎がアリバイ工作をしているとわかった時点で、彼が父親を殺した可能性が生まれた。よほどのことがない限り、子供が親を殺すなんてあり得ない。その思い込みが油断を生んだ。倫太郎のトラウマに自分のトラウマを重ねたせいもある。同じ目に遭った自分が父を殺したいとまでは思わなかったのだ。倫太郎も思うわけがない――根拠のない材料から甘い判断を下し、なぜ彼が嘘をついたかを確かめるために一人のこのこやってきたというのは、我ながら馬鹿としかいいようがない。

なのに僕があたかも時間稼ぎをするかのような行動に出たのは、単なる個人的な興味だった。なぜ倫太郎が父親を殺したのか。純粋にそれが知りたかった。

数日前に口論をしていたというが、それまでは彼は本当に数年もの間、父親とは口すらきいていなかったのだ。

それがなぜ今、殺そうと思ったのか。その動機が知りたかった。

中学のときのトラウマが関係しているのか。それともまったく別の動機なのか。

知ってどうなるということはまったく考えていなかった。ただ知りたい、という気持ちは、だが、倫太郎にはまったく伝わらなかったようだ。

「なんでお前に教えなきゃならねえんだよ！　時間稼ぎしようったってそうはいかないからなっ」

そう怒鳴り、すぐにも首を絞めかねない——殺害方法は絞殺じゃないかもしれないが——勢いで僕へと向かってきた彼に、僕は自分の真意をわかってもらおうと必死の思いで叫んだ。

「時間稼ぎじゃない！　稼いだところで誰もここには来ないからな！　僕は単独で来たんだ！　だから少し、君の話を聞かせてほしいんだ！」

「一人で来た？　じゃあ、警察はまだ俺を疑ってないのか？」

倫太郎の興味は、僕の真意のほうではなく、捜査状況へと向いたようだった。

「警察はこのあたりをうろついていたっていうチンピラが犯人だと思ってるってことか？　親父は教授選絡みで殺されたって？」

「……ああ、そうだ」

立て続けに問いを発してくる彼に頷いてやる。

「なんだよ、そうかよ！」

途端に倫太郎は明るい顔になったが、すぐに忌々しげに舌打ちし、僕を睨みつけた。

「じゃあ、てめえをこんな目に遭わせなかったら、俺はつかまらなかったのかもしれねえのかよ」

「……君が犯人だったら、ゆくゆくは捕まるよ」

あくまでも捜査の現況は、教授選絡みと見られているが、裏付けがとれなければ次なる可能性へと捜査は移る。僕としては正論を言ったつもりだったが、その『正論』は倫太郎にとって、耳に心地よいものではなかったようだ。

「うるせえな！　そうだ！　てめえを殺して誰にもみつからねえところに捨てればいいじゃねえかっ！　それなら誰も俺を疑ったり……」

「するよ。裏の奥さんが、僕が君を訪ねたことを知っている。さすがに警察も、現職の刑事が行方をくらませたら捜索すると思うから、僕の足取りはすぐわかる」

「くそっ、それならあのババアも殺して……っ」

「奥さんまで殺したら、君は完璧に死刑になるよ」

いきり立つ彼の言葉を、いちいち正論で封じていく。その行為が文字どおり、自分の首を絞めることになることを、次の瞬間、僕は知った。

「うるせえんだよっ」

怒りに燃える瞳をした彼が僕に飛びかかってきて、両手で首を絞めようとする。

「待ってくれ。殺す前にせめて、なぜ父親を殺したか教えてくれっ」

絞め上げられるより前に、僕は必死に彼に訴えかけた。

「うるせえっ」

だが激昂《げっこう》している倫太郎は僕の声になど耳を貸さず、両手で首をきつく絞めてきた。

「中学のときの万引き……っ……それが……っ……理由か？」

圧迫される喉を必死で開き、訴えかける。

「え？」

僕の発言が予想外だったのだろう。倫太郎が訝《いぶか》しげな声を上げ、僕を見下ろしてきた。

首を絞める手が緩んだのをいいことに僕は、なぜ自分が殺人の動機を知りたいのか、それを早口で説明しはじめた。

「君は中学時代、してもいない万引きをお父さんに注意されたんだろう？　僕も中学時代、同じ経験をしているんだ。だからこそ君のことが気になって、いろいろ調べた。君とお父さんが口をきかなくなったきっかけはそのことなんだろう？」

「……何言ってんのか、わけわからねえ」

倫太郎は悪態をついたが、その声は酷くしゃがれていた。僕の首にかかる彼の手にはまだ力がこもっていない。少しは彼の心に響いてくれたのか。頼むからそうあってくれ、と僕は殆《ほとん》ど祈るような気持ちで言葉を続けた。

「僕も万引きなどしていないのに、店に犯人扱いされて親が呼び出された。父は僕がいくら『やってない』と言っても耳を貸さず、僕を叱《しか》りつけた。息子の僕の言うことより、店の言い分を信じたんだ。その頃父親はちょうど役員になるかどうかという時期で、息子のことより自分の進退のほうを心配していたんだ」

「……嘘だろ？　お前、この間お袋に俺の話、聞いてたもんな」

倫太郎の目がまた厳しくなり、彼の指に力が入る。

「本当だ！　本当に僕も同じ経験をしているんだ‼」

嘘なんかついていない。信じてくれ、と僕は声を張り上げた。

「それから父親とは疎遠になった！　君のようにまったく口をきかなくなったというところまではいかなかったが、僕から話しかけることはなかったし、父も僕を避けていた。僕のせいかはわからないが、結局父は役員になれなかった。それでますます家族はぎくしゃくした。その後、父とは別居になったから、僕も数年、父とは直接話していない。似ている、と思ったんだ。状況が似すぎてるって。これは本当だ。嘘じゃない！」

必死の訴えはなんとか、倫太郎には届いたようだった。

「…………本当なら……似てるな……」

ぼそり、と呟いた彼が、僕の首から手を退けじっと見下ろしてくる。

「……君が殺したのか？」

この問いかけは、またも彼を刺激するものでしかないということはわかっていた。が、僕は半ば彼の説得を諦めてもいた。

倫太郎に己の罪を反省させ、自首する気持ちを起こさせる以外に、僕が助かる道はない。だが倫太郎は激昂しやすい上に、犯した罪を反省しているとはとても思えなかった。

僕を殺したところで、逃げおおせるはずがない。彼にそれを納得させたとしても、どうせ逃げ切れないのなら、巻き添えにしてやるという思考回路を彼は持っているようだ。

勿論死にたくはないが、殺される確率はかなり高いと思われる。どうせ死ぬなら——という考えは危険だが——せめて、自分が知りたいことを聞き出してやる。

我ながら自棄になっているとしか思えなかったが、それ以外、できそうなことはなかったので、僕は倫太郎に問いかけ様子を窺《うかが》った。

「…………」

半ば予想したとおり、倫太郎は凶悪な顔になり、再び僕に覆い被さってきた。彼の両手が僕の首にかかる。

「お父さんと君は何を言い争っていたんだ？　それがお父さんを殺した動機か？　僕を殺す前にそれだけ、教えてもらえないだろうか」

『殺す』という単語も相手を刺激するものだということは勿論わかっていた。が、思考を働かせている間にも倫太郎は僕の首を絞めるだろうともわかるだけに僕は、頭に浮かぶ言葉をすぐさま彼へとぶつけていた。

「殺されるってわかってんのか」

倫太郎が少し呆れたように僕に問いかけてくる。

「ああ」

頷くと彼は、満足げに笑った。絶対的な優位性を感じさせたのがよかったようで、倫太郎の手は引っ込み、口元に少し笑いを浮かべながら彼は話しはじめた。

「死ぬ前になんでそんなこと聞きたいのかわかんねえな。でもまあ、いいや。教えてやるよ」

そう言い、よいしょ、と声をかけて彼が僕のすぐ傍らに座り込む。

「親父の野郎、未だに俺のこと、見張ってやがったんだよ。喧嘩っつーか、それがむかついたんで俺が親父を怒鳴りつけた。それだけだ」

「見張る？　何を？」

意味がわからない、と問いかける。

「話の腰、折るなよ」

　途端に不機嫌になりはしたものの、倫太郎は問いに答えてくれた。

「安田《やすだ》っていう大学の友達が、ネットで投資会社をはじめるっていうんで一口乗ったんだ。安田も知り合いから共同経営を持ちかけられて乗ったらしい。その会社、まっとうじゃなくて詐欺を働いていたんだってよ」

「……ネット詐欺か。なぜわかった？」

　父親殺害の話と今一つ繋がらないと思い問いかけた僕は、倫太郎が吐き捨てた言葉に、なるほど、と納得した。

「親父が部屋に怒鳴り込んできやがったんだよ。お前が手伝ってる会社はネット詐欺を働いている。お前はわかってやってるのかって。俺、お袋にも話したことないんだぜ？　なんで知ってるんだって問いつめたら、留守中、俺の部屋に勝手に入ってパソコン見たんだってよ。それで頭きて口論になったんだ。あの野郎、学長選が迫ってるからなんだろうが、すぐにも自首しろってうるせえんだよ。一日だけ待ってやる、それでもまだ俺が自首しなかったら、自分が警察に通報するって」

「……君は自首しなかった」

　ここにいるということはそうなんだろう。そう思い尋ねると倫太郎は、

「するわけねえじゃん」

と大声を上げた。

「俺だって騙《だま》されたんだぜ。いわば被害者じゃねえか。なのに親父は頭っから俺が犯罪だってわかってて手を貸してたって疑いやがって」

許せねえ、と言い捨てる倫太郎の目はまた、ギラギラといやな光を湛えはじめていた。

「夜になってからウチに電話を入れてきやがった。俺がいるかどうか、お袋に確かめたかったんだろう。電話に出たのが俺だとわかると、警察に通報すると言いやがる。その前にソッチに行くから話を聞いてくれと俺が頼むと、渋々承知しやがった。それで……」

「君は最初からお父さんを殺害するつもりだったのか?」

また、話の腰を折るなと怒られるかと思ったが、それがどうにも気になり僕は倫太郎に問いかけた。

「……っ」

倫太郎が息を呑み、僕を睨む。

「殺すつもりで大学に行ったのか? それとも弾みだったのか?」

明確な殺意をもっていた場合と、いきがかり上殺したのでは罪状も裁判の際の判決も変わってくる。

だから尋ねた、というより、僕は純粋に倫太郎が父親に対して、はっきりした殺意を抱いていたかが知りたかった。

「うるせえな。どっちだっていいだろ」

だがそろそろ倫太郎に焦りが見えはじめた。僕が時間稼ぎをしているんじゃないかと思いはじめたらしく、チッと舌打ちすると両手を僕の首へと伸ばしてきた。

「殺意があったかどうかなんて、この際どうだっていいんだ。父親がずっと俺に疑いの目を向け続けたように、俺も親父をずっと憎んでた。いつかは殺してたに違いないんだからよ……っ」

倫太郎の頬《ほお》は紅潮し、目はやたらと輝いていた。唇をぺろりと紅い舌で舐めたと同時に、彼の手にぐっと力が込められる。

苦しい——容赦の欠片もない首の絞め方だった。これぞ紛うかたなき『殺意』を持った行為といえるだろう。

呑気にそんなことを考えている場合じゃないが、もう助からない、と思ったときに頭に浮かぶのはそんなことばかりだった。

死ぬ前には今までの人生が走馬灯のように巡るんじゃないのか。苦しい息の下、鼓動が耳鳴りとなりがんがんと頭の中で響く。

そういえば走馬灯ってどんな姿形をしているんだろう。お盆のときに飾る提灯みたいなもんだろうか。

次第に遠のく意識の中でそんなことを考えていた僕の耳に、微かではあったがインターホンのチャイムが響いた。

「……っ」

チャイムの音は倫太郎の注意を惹いたらしく、一瞬腕が緩む。空気が気道に急速に入ってきたことで、僕は咳《せ》き込んでしまったのだが、それで倫太郎は我に返ったようで、再び力を込めてきた。

ピンポーン、ピンポーン、とインターホンがしつこく鳴り響く。

「うるせえな」

倫太郎は居留守を決め込み応対に出ようとしない。誰が訪ねてきたかは知らないが、諦めずに鳴らし続けてほしかった。しつこさに負けて倫太郎が玄関に向かってくれれば、助かる見込みが出てくる。

口は塞《ふさ》がれていないから、助けてくれと叫ぶことはできる。それが来訪者の耳に入ればその人物が警察に通報してくれるかもしれない。

そんな淡い期待も、すぐに潰《つい》えた。いつしかチャイムの音は止んでいて、来訪者が立ち去ったことを悟らざるを得なくなった。

「やっと諦めやがったか」

しつけえんだよ、と悪態をつきながら倫太郎が僕の首を絞める手に力を込める。

最早これまで——と思った瞬間、いきなり背後で窓ガラスが割れる大きな音がし、既に意識朦朧《もうろう》としていた僕も、そして倫太郎も驚き、音のほうを見た。

「な……っ」

絶句する倫太郎の前に、割れた窓ガラスの間から手を突っ込み、鍵を外して室内へと飛び込んできた男が——僕のよく知る男が立ちはだかる。

「お前、一体何やってるんだっ」

男の一喝に、倫太郎がびくっと身体を震わせたが、一喝された相手は彼ではなかった。

「本当にもう、いい加減にしろよ！」

抵抗や逃亡を許すことなく倫太郎の腕を捕らえ、手錠をはめながらも、僕を睨みつけ、怒声を浴びせてきたのは——森田だった。

「……どうして……」

僕は夢でも見ているのだろうか。それとも実際はもう、倫太郎の手にかかって僕は死んでいて、あの世でこうなればよかったのに、という願望を思い描いているのだろうか。

そのほうが余程、これが現実だと言われるより信憑性がある。絞められた喉に圧迫感の名残を覚えながら僕は、ただただ呆然と、物凄い怒りの表情で僕を睨んでいる森田の顔を見上げていた。

# 7

さすがに僕を殺そうとした現場を押さえられては言い逃れもできないと思ったようで、手錠をかけられた倫太郎はソファにぼんやりと座っていた。

彼の動向を気にしながら森田は僕の縄を解いてくれたのだが、怒りは収まっていないらしく始終むっつりと黙っていた。

「ありがとう。あとは自分で解くから」

腕を解いてくれたあと、足の縄も解こうとしてくれた森田に、自力でできるから大丈夫だ、と声をかけると、森田はじろりと僕を睨んだあと、無言ですっと立ち上がった。

とはいえ、結び目が固くてなかなか解けずにいると、

「貸せ」

森田はぼそりと呟きながら再び僕の傍らに膝をつき、結局彼が足の縄も解いてくれた。

「……どうも……」

気まずかったものの、礼は言わねば、と頭を下げたが、森田にリアクションはない。

沈黙が気詰まりだったこともあり、僕は彼がなぜこの場に現れたのか、それを聞いてみようと口を開いた。

「森田、どうしてここが？」

「お前、本当にどういうつもりなわけ？」

が、ちょうど森田も僕に話しかけたところで、二人の声がかぶってしまった。

「え？」

聞き取れず問い返した僕の声と、

「なんだって？」

とやはり僕に問い返してきた森田の声が重なる。

「……気が合うな」

思わず吹き出してしまったが、笑顔になったのは僕だけだった。

「何、呑気に笑ってるんだよ」

笑うどころか森田はますます不機嫌な顔になり、僕を睨みつけたかと思うと、怒濤《どとう》の勢いで非難の言葉を並べはじめた。

「わかってんのか？　お前、一歩間違えれば死ぬところだったんだぞ？　なんでそんなにへらへらしてられるんだよ！」

「へらへら……してるかな？」

そのつもりはないのだが、と首を傾げる。と、森田は一瞬、ぐっと言葉に詰まったものの、すぐに、

「だいたいなあっ」

と再び怒声を張り上げた。

「アリバイ工作がわかった時点で、なんで一人でのこのこ本人を訪ねるんだ！　お前には危機管理能力っちゅーもんがないのかっ」

「なぜアリバイ工作をしたのか、確かめたかったんだ。それに、アリバイが嘘とわかった時点では彼を犯人だとは思っていなかったし」

『彼』と言いながら倫太郎を見る。倫太郎は僕の視線には気づいたようだったが、忌々しげに舌打ちし、ふいと横を向いてしまった。

「犯人でもない奴がアリバイ工作をするか？」

馬鹿か、と吐き捨てる森田に反論する。

「よほどのことがない限り、実の親を殺す息子がいるとは考えられなかったんだよ」

「自分の物差しで人をはかるなよ」

森田が、やれやれ、といわんばかりに溜め息をつく。

「勿論、世の中にはいろんな人間がいる。それくらいのことはわかってるよ」

犯罪心理を学びはしたが、すべての人間をカテゴライズできるわけではないというくらいはわかっている。

だが、僕と倫太郎には共通点があった。

「彼のトラウマが僕のトラウマと一緒だったんだ。だからこそ、犯人とは思っていなかった。僕は父を殺したいと思ったことはなかったから」

「トラウマ?」

「なんだ、あの話、本当だったのか」

森田の問いかけに重なりここで思わぬ合いの手が入った。倫太郎が呆れた顔でそう告げ、まじまじと僕を見つめてきたのだ。

「てっきり適当言ってんのかと思ってたぜ」

「こいつが適当なことなんて、言えるわけがないだろうが」

森田がじろりと倫太郎を睨み、今度は彼を問いつめはじめる。

「お前もな、親、殺しただけじゃなく、警察官まで殺そうとするなんて、一体人の命をなんだと思ってるんだっ！　自分がどれだけとんでもないことをしでかしたのか、わかってんのかっ？」

「わかってるよ。親父殺した時点で、俺の人生はもう詰んじゃったってことくらい」

「つむ？」

何をどこに積むのか、と疑問を覚えた僕に、

「終わっちまったってことだ」

と短く森田が答える。

「ああ、チェックメイトみたいなものか」

なるほど、と納得している僕を森田は黙ってろ、というように睨むと、視線を倫太郎へと戻し彼への追及を再開した。

「そもそもなぜ、親父さんを殺したりなんてしたんだ！　自分の親だぞ？　誰に聞いても親父さんのことを悪く言う人間はいなかった。高潔な学者だ、類を見ない人格者だ、皆が皆、お父さんの死を残念がっていた。そんな立派なお父さんをお前は……っ」

「うるせえな！　何が立派な親父だよ！　何が人格者だよ！　何が高潔だよ！」

倫太郎がひきつった顔で喚き立てる。

「高潔だったら、息子を万引き犯だと疑っていいのかよ。息子をいつまでも白い目で見ていいのかよ？　俺はそれが許せなかったんだよ。中学のときも、今も！」

「何を言っているんだ？」

事情を知らない森田が訝しげな声を上げる。それが癇《かん》に障ったらしく、倫太郎は、

「うるせえっ」

と彼を怒鳴りつけると、尚も喚き続けた。

「他人にとっちゃ立派な親父だったかもしれないが、俺にとっては酷い親父だった！　だいたい息子を信用しない親なんているか？　それでどれだけ俺が傷ついたと思ってるんだよ！　親父を殺したことで俺の人生は終わったってさっき言ったけど、もっと前に——中学の頃に、俺の人生は終わってたんだ！　親父があのとき、俺を信じてくれさえしたら、俺だってグレることはなかった。中学を退学にもならなかっただろうし、そうしたらもっとまともな高校行って、いい大学だって入れてただろう」

唾《つば》を飛ばし、喚き続ける倫太郎の言葉を聞いているうちに、僕の胸にはもやもやとした思いが次第に立ちこめてくる。

「俺の人生、親父のせいでめちゃめちゃにされたんだ！　あのとき、親父が俺を信じてくれさえしたら、俺だって……っ」

「ふざけるなっ！　なんでも人のせいにしやがって！」

もう我慢できない。そう思ったときにはもう、倫太郎を怒鳴りつけている自分がいた。

「……っ」

それまで黙っていた僕がいきなり大声を上げたからか、倫太郎は怒鳴り返すことなく、ぎょっとしたように僕を見る。

二十歳を超したばかりの彼の顔は、亡くなった父親によく似ていた。頭から血を流し、研究室の床に倒れていた岡林教授の顔が僕の脳裏に蘇る。

父親を殺したことに対する後悔の念は、倫太郎からまるで感じられない。後悔どころか彼は、自分が父を殺したことさえ、『父親のせい』だと思っているようだ。

そんなわけがあるか。殺したのもお前なら、三流大学に行ったのもお前だ。第一、中学のときに万引き犯と疑われたのだって、母親の話によると中学時代から倫太郎は生活態度が悪かったというじゃないか。

だからといって頭から疑うのはどうかとは思うが、疑われても仕方がなかったんじゃないのか。それをすべて棚に上げて、全部を父親のせいにするのはどうなのか、と僕は倫太郎を怒鳴りつけようとして――ふと気づいた。

僕もまた、彼と同じではないだろうか、と。

「おい、結城？」

「なんなんだよっ！　いきなり大声出しやがって！」

怒鳴ったかと思うと次にはいきなり黙り込んだ僕を訝り、森田がかけた声と、びびらせやがって、という倫太郎の怒声が重なって響く。

「……あ……」

倫太郎の歪《ゆが》んだ顔に、僕は今、自分の顔を重ねていた。僕もまた彼のように歪んだ心をずっと持ち続けていたのかもしれない。

自己を分析しているのに『かもしれない』はないだろう、と自身の思考に呆れていた僕の耳に、遠くパトカーのサイレン音が響いてきた。

「……こんなはずじゃなかったのに……」

ぼそりと倫太郎が呟き、はあと大きく息を吐く。

「そもそも、親父が悪いんだ……俺のことをいつまでも見張ってやがって……ネット詐欺に荷担する気か、やめろ、とかよ。余計なお世話だっていうんだよ」

やりきれない、と言わんばかりに倫太郎が溜め息をつく。

「ずっと俺を見張ってやがったのかよ。そんなに俺は信用なかったのかよ。昔も今もかわらねえじゃねえか。親父は俺をもともと信用してねえんだ。そんな奴を親父と思えってほうが、間違ってるだろ？」

相変わらず倫太郎の父親に対する悪態は続く。だが、それも、森田が、

「あのなあ」

と呆れた口調で声をかけたのを機に終わりを告げた。

「見張ってるって、親父さんがお前を見張ってるとでも思ったのか？」

「……え？」

問いかけられ、倫太郎が虚を衝かれた顔になる。

「お前がネット詐欺にかかわってるっていう話を親父さんに教えたのは、遠藤組のチンピラだぞ？」

「…………え…………？」

意味がわからない、と倫太郎が眉を顰める。僕もまた森田の発言の意味が今一つわからず彼を見てしまったのだが、森田はちらと僕を見たあと視線を倫太郎へと移し、

「いいか？」

と身を乗り出しつつ、説明をはじめた。

「お前も知っているだろうが、親父さんは今、学長選の真っ直中にいた。現状、親父さんが優勢だったので、対抗馬の教授がヤクザに泣きついて状況をひっくり返そうとした。ヤクザは親父さんと接触をはかり、お前のネット詐欺をネタに親父さんを脅したんだ。学長選から降りろってな」

「………嘘だろ？」

問い返す倫太郎の声が震える。

「嘘なもんか。遠藤組のチンピラが白状したよ。親父さんはなかなか信じなかったが、証拠を突きつけたらようやく納得したってな。学長選は当然辞退するが、息子には自首させたいのでそれまで警察には黙っていてほしいと頭を下げたそうだ」

「……うそだ……」

いやいやをするように倫太郎が首を横に振り、弱々しい声を上げる。

「本当だって言ってんだろうが」

森田が呆れた声を上げたと同時に、かなり大きくなっていたサイレン音がすぐ近くで止まり、玄関から、そして森田が破った窓ガラスから、何名もの警察官が室内に駆け込んできた。

警察官たちが倫太郎を連行していく。それと入れ違いに入ってきた先輩の長谷川《はせがわ》が、

「結城、無事かっ」

そして新人の渡辺《わたなべ》が、

「結城さん、怪我《けが》、ないですか」

そう次々声をかけてくれる。

「大丈夫ですか！」

彼らの後ろから、なんと佐々木が、ひょこ、と顔を出した。見れば松葉杖姿である。

「お前こそ大丈夫なのか？」

当分は内勤という話だったはずだが、まさかもう現場に復帰するのか？　となるとやはり森田のペアは佐々木に戻ったというわけか、と察した僕の胸は自分でも驚くくらい、ずきり、と大きく痛んだ。

「大丈夫です！　結城さんに危険が迫ってると知っちゃ、おとなしく内勤なんてしていられなくなっちゃって」

本当に無事でよかったです、と満面に笑みを浮かべる佐々木を、横から長谷川が小突いた。

「足手まといだってさんざん言ったのに、行く行くってうるさくてよ」

「フッー言います？　足手まといなんて酷すぎますよねえ」

憤慨する佐々木は、僕から見ても可愛かった。

顔というよりは――まあ、顔も可愛くはあるんだが、同じ係の人間が危険に晒されていたとしても、僕なら決して佐々木のような行動はとらない。

なんで単独捜査なんてするんだ。自業自得じゃないのか。だから危険な目に遭って当然とまでは思わないが、正直迷惑だ――そんなような言葉を口にし、皆からまた反感を買っていたに違いない。

正論が常に『正しい』わけではない。いや、『正論』だから間違ってはいないのだが、正しくあっても現況に相応《ふさわ》しいものではないことだってある。

今更の——本当に今更の理解ではあるが、僕はようやくそれを悟ったのだった。

佐々木が両足骨折した際、『普段から鍛錬していれば受け身くらいとれただろうに』という僕の言葉は『正論』だった。が、あの場に相応しい言葉ではなかった。

本人不在とはいえ、子供を庇《かば》って大けがをした同僚に対し告げるべき言葉ではなかった。そんなことが今になってわかるなんて、と自分で自分に呆れてしまっていた僕は、ぽんと肩を叩かれはっとして顔を上げた。

「皆に心配かけたんだ。謝れよ」

肩を叩いたのは森田だった。そうだ、まだ僕は謝罪も、そして礼も言っていなかった、と、まずは森田に、そして皆に頭を下げた。

「申し訳ありませんでした。勝手なことをして……」

「まあ、犯人逮捕に繋がったから。係長も文句は言えないんじゃないか?」

年長の長谷川がフォローの言葉を口にし、僕の肩を叩いてくれる。

「しかしよくわかりましたね。息子なんて、正直、まったく捜査線上に浮かんでなかったじゃないですか」

佐々木が、感心したようにそう言い、きらきら光る目で僕の顔を覗き込んできた。

やっぱりこいつ、可愛いな――こういった素直な性格に対する憧れが、僕の口を開かせたのかもしれない。

気づけば僕は皆のいる前で、自分のトラウマを語っていた。

「いや、本当に偶然だった。倫太郎君が中学生の頃、岡林教授に万引き犯と疑われたことがあったそうで、それが父子《おやこ》断絶の原因になっていたらしいんですが、僕もまったく同じトラウマを抱えていたので、それで気になっただけです」

「え？」

「それって……」

長谷川や佐々木、それに渡辺が戸惑いの声を上げる横で、

「おい」

森田もまた驚いたように僕の肩を摑《つか》む。酷く心配そうな顔をしている彼に僕は、大丈夫だから、と頷くと、どうリアクションしたらいいかわからないというように黙り込む係員たちに――仲間たちに、淡々と事情を説明しはじめた。

「僕も中学生の頃に、店から万引き犯と間違われ警察に通報されたことがあったんです。そのとき、父は、やっていない、という僕の言葉に耳を傾けてくれなかった。幸いなことに、友人

が僕の濡《ぬ》れ衣《ぎぬ》を晴らしてはくれたんですが、父との間にはそのときから、やはり壁ができました」

話が進むにつれ、皆の顔に浮かぶ当惑の表情はますます広がっていく。まあ、こんな告白されても困るだけだろうなと僕は察し、すぐに話を事件へと関連づけていった。

「今回、岡林倫太郎君が僕とまったく同じトラウマを抱いていたことを知り、僕は彼に興味を持ちました。だからといって、彼が犯人だと思ったわけではありません。僕と父との間にも未だに壁はありますが、僕自身、父を殺したいほど憎いと思ったことがなかった。倫太郎君はどうだったのだろう。彼もまた、そこまで父親を憎んでいたわけではないんじゃないか——今から思うと僕は単に、彼が父親を憎んでいない、そのことを証明したかったのかもしれません。実際、彼は殺していたわけですが……」

やはりそれには、やりきれないものを感じる、と、つい溜め息を漏らしてしまった僕の肩を長谷川が、そしてもう一方の肩を森田が叩く。

「気にするな。同じトラウマを抱いていようが、お前はお前、奴は奴だ。奴は父親を憎んでいた。お前は憎んでない。それでいいじゃないか」

長谷川の言葉は、ちょっとズレている気がしたが、僕を思いやってのものだということは痛いほどに伝わってきた。

「ありがとうございます」

頭を下げると途端に彼は照れた顔になり、僕の肩から手を退けた。

「奴だって、殺そうとして殺したわけじゃないかもよ？」

森田がそう言い、僕の顔を覗き込む。

「俺は犯罪心理学とか学んじゃないけどさ、撲殺っていうのは、計画的犯行としては少ないんじゃあないのかな。カッとなった相手にその場にあった灰皿で頭を殴った。それで親父さんは亡くなってしまった——今回の事件は突発的なもので、倫太郎君も最初から親父さんを殺そうとしたわけじゃないと思うよ」

「…………そうだといいな……」

森田の言葉に僕は、心の底から自分もそう思っている、と深く頷いた。

と、何を思ったのかいきなり佐々木が大きな声を出し、僕のすぐ目の前まで駆け寄ってきた。

「あの……っ」

「え？」

「僕、昔やんちゃしてたんで、未だに親父から、白い目で見られてます。僕なんかと一緒にすんなって思うかもしれないけど、あの、その……っ」

注意深く聞いていなければ意味がわからないぞ、というほどにとっちらかった様子で喋っていた佐々木が息を呑み、一瞬呼吸を整えたあとに、さらに大きな声を出す。

「結城さんのトラウマ、特別なものじゃないと思いますっ！　多かれ少なかれ皆持ってるもので、だから、その、岡林倫太郎と自分だけのものって思わないほうが、ええと、いいと思います!!」

「…………あ、ありがとう…………」

これはもう、長谷川以上にズレているというか、正直に言ってわけのわからないレベルだった。が、彼が僕を思いやってくれているということは伝わってきた。

思いやりというのはこういうことをいうんだろうな、と察した僕は佐々木に礼を言ったのだが、途端に彼はほっとしたような、そして嬉しそうな顔になり、

「そんな！」

と言ったかと思うと、ぶんぶんと首を激しく横に振った。

「お、お礼なんて言ってもらうようなことじゃないんで！」

あわあわしながら言葉を続ける彼は、やはり僕の目にも可愛く見えた。こんなに可愛いんだ、森田がペアを復活させたいと思うのも、実に自然な流れだ。

僕のように、人の気持ちを推し量れない人間より、気持ちの優しい、しかも顔も可愛い佐々木とペアを組みたいと思うのもまた、仕方がないことだろう。もう、諦めるしかないな、と僕

は心の中で溜め息をつき、森田を見やった。

「なに？」

森田が目を見開き、僕を見る。

「いや……」

なんでもない、と僕は笑い、首を横に振った。

「さあ、戻るぞ」

長谷川が僕の肩を叩き、外に行こう、と目で促す。

「はい」

笑って頷くと、長谷川は虚を衝かれた顔になった。

「あの？」

何か、と問い返すと、長谷川は、

「いや、なんでも……」

と言い返してきたが、彼の頬は赤かった。

「さあ、行きましょう」

不意に森田が僕の肩を抱き、歩きはじめる。

「え？　え？」

わけがわからない、と森田と長谷川、代わる代わる見ながらも僕は森田に促されるままに部屋の外に出て、覆面パトカーへと向かったのだった。

# 8

逮捕された倫太郎《りんたろう》は、最早諦めたのか、それとも彼なりに思うところがあったのか、取り調べに入るとすらすらと自供をはじめた。

供述によると、やはり倫太郎は、最初から父親を殺すつもりではなかったという。一日だけ待ってやる、だから自首しろ、父にそう言われたが、結局自首する勇気は出なかった。

父親は間違いなく、自分を警察に訴えるだろう。頼むからそれは待ってほしい、そうお願いするために倫太郎は夜、岡林《おかばやし》教授の研究室を訪れた。

教授は倫太郎が自首をしていないとわかると、今、この瞬間にしろと詰め寄った。倫太郎は、ネット詐欺と知らなかったのだと弁明したが、教授は聞く耳を持たなかった。

揉《も》み合ううちに、カッとなり、傍にあった灰皿で警察に電話をかけようとした父親の後頭部を殴りつけていた。

救急車を呼ぶことも考えた。だが、父親が死んでいることが明白だったために、倫太郎は現場を逃げ出した。凶器は学校近所の川に捨てたものの、すぐにも逮捕されると思ったので、アリバイを偽装し、捜査に備えた。思った以上に早く警察がやってきたことに焦りを感じたが、どこかで諦めてもいた。今となっては逮捕されてほっとしている。

倫太郎はそう言い、供述調書に拇印《ぼいん》を押したそうだが、その際ぽつりと、

「なんだ、親父じゃなかったのか……」

と呟《つぶや》いたのだそうだ。

それでも最後まで彼の口に、父親を殺したことに対する後悔や謝罪の言葉が上ることはなかった、と、取り調べを担当した長谷川《はせがわ》が、夕方係内で行われた打ち上げの際に教えてくれた。

「こんな言葉で片付けちゃいけないいんだろうが、要は甘えてるんだよな」

打ち上げには珍しく僕も参加していた。事件解決の立役者が『帰る』はないだろう、と、はじめて皆が引き留めてくれたのだ。

今まで僕は、事件解決後の打ち上げの時間を、無駄なものとしか思っていなかった。事件を肴《さかな》に酒を飲むというのがなんとなく不謹慎に思えて嫌だったせいもある。

それでいつも冒頭の『乾杯』のときだけ参加しすぐに帰ってしまっていたのだが、実際参加する『打ち上げ』は僕が考えていたものとはちょっと違っていた。

もちろん事件の話はする。だが、その内容は主に『反省』だった。

「今回の早期解決はすべて結城《ゆうき》の力だ。初動捜査のミスを一人でカバーしてくれた」

　塙《はなわ》係長は僕を叱責《しっせき》したことを酷く気にしていた。もしも僕が係長の言いつけを守り、倫太郎のもとに向かわなかったら、今日の解決はなかった。アリバイを偽っていたとわかった時点で、捜査の目を倫太郎に向けるべきだったのに、という後悔に囚われているようだ。

「命令に背いて申し訳ありませんでした」

　警察という組織において、上司からの命令は絶対である。そこを叱《しか》らず褒めてばかりくれる係長に、そういえばまだ謝罪をしていなかったと思い出した僕は、改めて深く頭を下げた。

「いつもは困るが、今回は助かったよ」

　係長はあまり腹に溜《た》めるタイプではない。豪快に笑い、僕の肩を叩《たた》いたあと、

「しかし、お前が命令違反とは珍しいな。森田《もりた》ならともかく」

　と視線を森田へと移した。

「ひでえなあ」

　森田が苦笑し、肩を竦《すく》める。そこで場は笑いに包まれたが、僕が喋《しゃべ》りはじめると、すぐにしんとなってしまった。

「係長を説得してから動かねばとは思ったのですが、今回ばかりはどうにも我慢がききませんでした。本当に申し訳ありません」

「係長は褒めてくれてんだから、もういいじゃん」

場を取りなそうとしてくれたんだろう、森田が僕へと歩み寄り、ばしっと背を叩く。

「森田も大活躍だったよな。携帯の電源が入ってなかったせいで、結城の居場所がわからなかったのに、岡林家に違いない、と駆けつけて」

これもまたフォローか、長谷川がそう言い、今度は彼が森田の背を叩く。

「窓ガラスぶち破るっていうのも凄《すご》いですよね。あれ、もしも居留守じゃなかったら、セコムに通報されてますよ」

「カーテンかかってたんだろ？　よくあの部屋だとわかったな」

佐々木《ささき》と長谷川がそれぞれに声をかけると、森田は「いやあ」と照れくさそうに頭をかいた。

「まあぶっちゃけ、半分以上勘でしたが」

「勘でガラスを割るなよ」

「本当に勘が当たってよかった」

森田の発言に、また場がわっと沸く。

僕が喋るとまたしんとしそうだなとわかったので、口を閉ざし、改めて笑いの輪の中心にいる森田を見やった。

彼が場の中心にいるのは、皆が彼を好きだからだ。なぜ皆が彼を好きかというと、森田もまた皆が好きだから――かもしれない。

好きだからこそ、相手を不快な思いに陥らせないよう気を遣える。以前は彼を、ただの調子のいい男だと思っていたが、知り合うにつれ、そうじゃないことがわかるようになった。

彼の『調子のよさ』は思いやりの賜《たまもの》だ。僕にはその『思いやり』が欠如しているせいで、人を怒らせてしまうようだ。

以前は、別にそれでもいいかと思っていた。だが今は――ぼんやりとそんなことを考えていた僕は、ポケットに入れていた携帯が着信に震えたのに、はっと我に返った。

誰からだ、と取り出しディスプレイを見る。

『ツウチケンガイ』

カタカナで書かれた文字はよく意味がわからなかったが、とりあえず出てみるか、と応対に出た。

「もしもし?」

『ああ、よかった。やっと通じた』

いきなり電話の向こうから響いてきたのは、あまりに聞き覚えのある母親の声だった。

「え?　何?」

『引っ越したのなら引っ越したって、なぜ教えてくれないの。いくら電話をかけても通じなくて、もうどうしようかと……』

母親は酷く興奮しているようだった。そういや移転の連絡をしていなかったと今更のように思い出す。

携帯の番号も教えたことがなかったが、どうやってこの番号を知ったのだ、とそれが気になり問いかける。

「なんでこの番号がわかったの?」

『陽大君《はるとくん》に聞いたのよ。結婚しましたって報告葉書をこっちにまで送ってくれてたから』

「陽大が? 凄いな」

陽大というのは僕の親友の名だ。学生時代、よくウチに遊びにきていたので、母親とも顔馴染《かおなじ》みだった。

とはいえ、まさか『結婚しました』葉書を出しているとまでは考えていなかった、と感心していた僕の耳に、母親のヒステリックな声が響く。

『それより落ち着いて聞いて頂戴。お父さんが倒れたの。脳溢血《のういっけつ》よ。意識が戻るかどうかは半々だって。あなた、すぐにこっちに来られない?』

「なんだって? お父さんが!?」

思わず声が大きくなった。背後で皆がしんとしたのがわかる。

『あなたが忙しいのもわかっているし、何より、お父さんに対して思うところがあるということもよくわかってる……でも……でも、お願いだから来てちょうだい。醒一《せいいち》、お願いよ……っ』

電話の向こうで母親は泣き崩れてしまったようだった。

「わかったから。お母さん、落ち着いて」

なんとか宥《なだ》めようとする僕の声も、自分のものと思えないくらいに震えている。

『お父さん、もう駄目かもしれない……でも、最後に……最後にあなたに……』

泣きじゃくりながら母親が言葉を続ける。

「わかったから！」

泣き声を聞いているうちにやりきれない思いが募り、僕は思わず母に対し大きな声を上げていた。

「最後なんて言わないでくれ。すぐにそっちに向かうから。それじゃあ」

『醒一……っ』

泣きじゃくる母に僕は、

「大丈夫だから」

となんの根拠もない言葉を告げ、電話を切った。

「……どうした？」

切った瞬間、森田が僕に駆け寄り、肩に手をかけながら顔を覗《のぞ》き込んでくる。

「……父が倒れたって」

「なんだって!?」

僕の答えを聞き、大きな声を上げたのは森田だけではなかった。

「大丈夫なのか？　容態は？」

「命に別状はないんだよな？」

その場にいた皆がわっと僕を取り囲み、口々にそう問いかけてくる。

「脳溢血だそうで、意識が戻る確率は半々と言っていました。母は酷く動揺していて……」

淡々と説明するはずが、やはり声は震え、胸が詰まって最後まで喋ることはできなかった。

「すぐ向かえ……って、確かお前の親、海外だったな？」

塙係長が真っ青になりながら問いかけてくる。

「はい」

「ジャカルタだよな？」

頷《うなず》くばかりで言葉を発することができずにいた僕のかわりに森田が答える。と、佐々木が松葉杖をつきながら、僕に駆け寄ってきた。

「僕の友人に旅行会社に勤めてる奴がいます。ジャカルタ便で一番早く乗れるの、聞いてみますんで！」

そう言ったかと思うと佐々木は僕の答えを待たず、携帯を取り出しどこかにかけはじめてしまった。

「すぐ支度しろ。あとのことは気にするな」

長谷川が僕の背を叩き、大丈夫だ、というように頷いてみせる。

「……ありがとうございます……」

頭を下げた瞬間、ぽた、と床に何かが落ちた。

「…………」

それが自分の目から零《こぼ》れ落ちた涙だとわかったときにはもう感情に制御が利かなくなっていた。

「う……っ」

込み上げる涙を堪《こら》える僕を、森田がしっかりと抱き締める。

「しっかりしろ。大丈夫だ」

耳元で囁《ささや》かれたその声が優しすぎたからだと思う。人前で泣くのは恥ずかしい、と自制していたというのに、気づいたときには僕は森田に、激しい動揺をそのままぶつけてしまっていた。

「死ぬかもしれないって……っ！　親父が死ぬかもしれないって……っ！　森田、どうしよう、どうしよう……っ」

「結城、大丈夫だ」

僕の背を抱く森田の腕に力がこもる。

「最後に話したのなんて、もう何年前だかわからないのに……っ！　親父が死んでしまうかもしれないなんて……っ！　……僕は……僕は……っ」

自分でも何を言っているのか、よくわからなくなっていた。

父が死ぬかもしれない。そう思っただけで、叫び出しそうだった。

父と最後に交わした会話すら思い出せない。顔だってもう、何年見ていないことだろう。

『なぜ、万引きなんてしたっ』

僕に背を向け、忌々《いまいま》しげにそう告げた父の後ろ姿しか思い出せないことが辛《つら》かった。

僕にとっての父は、疎ましい存在でしかなかったはずなのに、その父が死ぬかもしれないとなった今、胸に込み上げてくるのは疎ましさでも、勿論《もちろん》憎しみでもなく、後悔の念、それだけだった。

父ともっと話せばよかった。父に自分を理解してもらう、そんな働きかけを僕は随分前から
——それこそ中学生の頃から放棄してしまっていた。

このまま父を失ってしまったらどうしよう。頼むからどうか、無事でいてくれ。次々と頭に浮かぶ父の顔がどれも不鮮明であることが、ますます僕の動揺を煽《あお》り、

「どうしよう……どうしよう」

それしか言葉を知らないかのように『どうしよう』と繰り返し、森田に縋《すが》り付いてしまっていた。

「とれました！　ちょっと遠回りになりますが、シンガポール経由でジャカルタ行きのフライトが！　すぐ出たほうがいいです！」

と、そのとき、佐々木がまた松葉杖をつきながら駆け寄ってきて、僕にプリントアウトした用紙を手渡してきた。

「おい！　みんな、金出せ！」

長谷川が大声を上げ、係員たちがわっと彼の周囲に集まる。

「金、下ろしてる時間ないだろ？　金があればなんとかなるから」

「そうだな」

言いながら皆が、一万円札を次々に長谷川に渡していった。

「………」

カードを持っているから大丈夫だ、と思ったが、皆の優しさ、ありがたさが僕の口を封じた。

「さあ、これで行ってこい！」

長谷川が僕に、皆から集めた一万円札や五千円札を手渡してくれる。誰のものかわからないが、いったいいくつ折りにしたんだという札もあった。きっとへそくりなんだ、と思った途端、新たな涙が込み上げ、うっと喉《のど》が詰まった。

「す、すみませ……っ」

泣き出しそうになりながら金を受け取る。と、森田が僕の肩をがしっと抱き、顔を覗き込んできた。

「空港まで送ってやる」

「……でもお前、酒……」

乾杯の際酒を飲んでいたんじゃないのか、と問い返すと、森田がしまった、という顔になる。

「ああ、そうだった」

「タクシーで行け！　タクシーで！　タクシー代くらい俺が出してやる！」

塙係長は先ほどの長谷川が募ったカンパにも参加してくれていたと思うのに、そう言ったかと思うと僕に二万円、握らせてくれた。

「……申し訳ありません……ありがとうございます」

飛行機の電子チケットを見ると、本当にもうすぐにも出なければ間に合わないような時間だった。僕は皆に深く頭を下げ、部屋から駆け出した。

「大丈夫だからな！」

「親父さんとゆっくり話をしてこい！」

温かな皆の声が背中に刺さる。それだけでまた泣きそうになっていた僕の耳に、

「待てよ！」

という声と共に背後から駆け寄ってくる足音が響き、次の瞬間、肩を掴《つか》まれた。

「……森田……」

あとを追ってきてくれたらしい彼と並んで走りながら、僕は彼の名を呼ぶ。

「空港まで付き合うよ……もし、邪魔じゃなければ」

森田はそう言い、僕の顔を覗き込んできた。

「……ありがとう……」

邪魔なわけがなかった。一人、空港に向かう間の時間をどう過ごせばいいのか、まるでわかっていなかっただけに、森田の申し出は心の底からありがたかった。

またも泣きそうになったが、森田は僕の涙を止めるためか、バシッと強く背を叩くと、

「行くぞ」

と声をかけ、走りはじめた。僕も彼のあとに続いて走る。

タクシーも森田が停めてくれた。後部シートに並んで腰掛けながら僕は、皆から渡されたお金と、佐々木が手配してくれた電子チケットを取り出して眺め、改めて胸に込み上げる感動を噛《か》みしめていた。

「……みんな……優しいな……」

ぽろり、とその『感動』が唇から零れ出る。

「僕はきっと、思いつかないし、参加もしなかったかもしれない……」

チケットを取ることも、それに、渡航準備をする時間がないからと、お金を集めることも、絶対に思いつかない自信があった。

係内で僕は浮いていたと思う。皆、大人だからあからさまに態度に出しはしないが、皆から好かれていないだろうと軽く想像がついた。

別に好かれていようがいまいが、仕事をするのには関係ない。そう考えていたので、僕も皆とは距離を置いていた。

思えば勝手な振る舞いをしていた。捜査にはチームワークが必要だということは頭ではわかっているのに、僕自身が一番チームワークを乱していた。

チームワークを生むためには、日頃からコミュニケーションを取ることが必要だ。飲みの誘いを僕は、本人が飲みたいだけだろうと判断し、誘いに乗ったことは今まで一度もなかった。

そんな僕に、なぜ皆、ああも優しくしてくれるのだろう――またも恥ずかしいことに涙が込み上げてきてしまう。

「昨日までのお前なら、皆どこか冷めた目で見ちゃったかもしれないけどさ」

と、横から森田が静かな口調で話しかけてきた。彼のほうを見ると涙が零れそうだったので、俯《うつむ》いたまま話を聞く。

「でもお前、今日、皆の前で、父親との話、ぶちまけただろ？　皆、お前が心を開いてくれたのが嬉《うれ》しかったんだと思うよ」

「……心を………」

そういうつもりはなかったのだけれど、と首を傾げる僕の肩に、そっと森田の手が乗せられる。

「お前は意識してなかったんだろうが、皆はお前が周囲に対して壁を作っているように感じてたんだよ。お前、雑談にも参加しないし、ああ、そう、飲み会にも出てこないしさ。もともとお前は警察学校の成績がダントツいいとか、昇進試験に軽くパスしてもうすぐ警部とか、ただでさえ目立つ存在だからさ、自分たちなんて相手にできないってことだろうと、つい卑屈になっちゃうんだよな」

「……そんなつもりは……」

確かに壁はあった。が、それを僕は、皆のほうが作っているのだとばかり思っていた。相手にできないとか、そんなふうには考えたことがなかった、と首を横に振る僕に、

「わかってるって」

と森田は笑うと、肩を摑む手にぎゅっと力を込めてきた。

「皆としては嬉しかったんだって話だよ。正直、俺はちょっと面白くなかったけどね」

「……どうして……?」

何が面白くないのか、まったくわからず問い返した僕に、森田は何かを言いかけたが、すぐ、

「いや、なんでもない。今言うことじゃない」

と誤魔化《ごまか》しにかかった。

「なんだよ」

気になる、と彼の顔を覗き込む。目に涙が溜まっていたからだろうか、森田は一瞬、う、というように息を呑んだあと、見てはいけないものを見てしまった、といった様子で僕からそっと目を逸らし、わざとらしいくらいの明るい口調で話し出した。

「余裕あったらでいいからさ、向こうに到着したら連絡入れてくれ。俺にでもいいし、係長にでもいい」

「…………あ……うん」

もちろんそのつもりで——森田に連絡を入れるつもりでいた僕は、不意に塙係長の名を出され、つい返事が遅れた。そのときポケットに入れていた携帯電話が着信に震え、もしや、と僕は焦って応対に出た。

「もしもしっ？」

『あっ！　醒一！　お母さんから連絡あったか？』

電話をかけてきたのは母かと思ったが、予想は外れた。電話越しに響いてきたのは、母に僕の携帯電話の番号を教えたという木村《きむら》陽大の声だった。

「陽大、ありがとう。今からジャカルタに向かうところだ」

『チケットは？』

「とれた……同僚がとってくれた」

『そうか……っ』

陽大がほっとしたように息をついたあと、真剣な声音で話しかけてくる。

『気をしっかり持てよ。大丈夫だからな。いつでも電話してこい？　何時でもいいぞ？』

「……ありがとう、陽大。大丈夫だよ」

彼の厚い友情に感謝しつつ、僕は、まず礼を言わねばと電話を握り直した。

「母親に結婚しました葉書、送ってくれてありがとう。おかげで連絡をもらえた」

『そうだよ、お前、こんなときだから言うまいと思ったけど、引っ越した連絡くらい、家に入れておけよ？　携帯番号すら知らないって、おふくろさん、ショック受けてたぞ？』

「うん……ごめん。そうする……」

遠い異国の地で夫が倒れ、頼るべき身内は周囲にいない。血の繋《つな》がった息子に連絡をとろうにも、まるで電話が繋がらない。

どれだけ母が心細い思いをしたか、陽大に言われて僕は今更のように思い知った。親に対しても思いやりの心が足りなかったか、と猛省するあまり、声のトーンが下がってしまったのだが、そのとき横からまたぎゅっと肩を摑まれ、はっとして顔を上げた。

『とにかく、気をしっかり持て。いいな？　いつでも連絡待ってるぞ？』

陽大が僕を元気づけてくれながら、長くなっては悪いとばかりに電話を切ろうとする。

「本当にありがとう」

心から礼を言い、電話を切ると僕は、相変わらず肩を握り締めてくれていた森田を見やった。

「結果オーライだ。過ぎたことは気にするなよ」

森田がにっと笑い、僕の肩をぽんと叩く。

「…………うん…………」

彼の笑顔を見た瞬間、またしても僕は泣きそうになった。

陽大からの電話を受けたときには、涙を堪えることができたのに、森田を前にすると必死で押しとどめていた感情のブレーキがまるできかなくなる。

一体どうしたことだろう、と、必死で涙を堪えながら僕は彼に、ありがとう、の意味を込め、深く頭を下げた。

パスポートをピックアップするために一瞬だけ自宅に寄り、その後空港を目指したのだが、到着するまでの間、僕たちは殆《ほとん》ど喋らなかった。

カウンターで発券をしてもらった時点で離陸までまるで余裕がなく、僕は森田に急《せ》き立てられるようにして出国審査へと向かった。

「大丈夫だからな!」

行ってこい、と、森田が笑顔で手を振る。

「……ありがとう……ありがとう……っ」

礼を言い、頭を下げたときに、それまで堪えていた涙がぼろぼろと頬《ほお》を伝って零れ落ちた。

「大丈夫だ!」

顔を上げ、目を擦る僕の耳に、力強い森田の声が響く。

なんの根拠もない『大丈夫』であることはわかりきっているのに、なぜかそのとき、森田が『大丈夫』と言うなら大丈夫だろうという確信が僕の胸に芽生えていた。

「行ってくる！」

振り返り、森田に手を振る。

「連絡、待ってるぞ！」

森田が高く携帯を掲げてみせた。

「うん」

頷いてから踵《きびす》を返し、荷物検査のゲートを潜る僕の耳にまたも森田の声が響いた。

「大丈夫だからな！」

「…………うん…………」

大丈夫。うん、大丈夫だ。

ジャカルタに到着し、父を見舞ったら僕は、一番に森田に連絡を入れる。

『大丈夫だったよ』

と――。

それまで待っていてくれ、と、ゲートを潜ったあとに振り返ると、森田はずっとその場で僕を見守っててくれていたようで、大きく手を振ってきた。

「……ありがとう……」

またも涙が込み上げてきたのを、目を擦って誤魔化す。

本当にここまで感情に制御がきかなくなるのはなぜなのか。今はその余裕はないが、父の無事を確認できたら、次にそのことをじっくり解明してみよう。

そう考えながら早足で搭乗ゲートを目指していた僕は、自分の名のアナウンスが響いていることに気づき、慌てて駆け出したのだった。

## 9

ジャカルタに到着するまでの間、決して短いとはいえない機内の時間を、僕は殆ど眠らずに過ごした。途中、トランジットでシンガポールに降り立ったときに、ジャカルタに到着する時間を母に連絡していたので、空港には父の運転手が迎えに来ていた。

運転手は英語が喋れないとのことで、僕が父の容態を聞いても身振り手振りで、自分は聞かされていないというのみだった。

彼の運転で到着した病院のロビーには母がいて、僕の姿を認めると泣きながら駆け寄ってきた。

どき、と鼓動が嫌な感じで高鳴る。まさか、とその場から動くことができず立ち尽くしていた僕の両腕を母が摑んだ。

「お父さん……お父さん、さっき、意識が戻ったの……っ」

「えっ」

正反対の展開を予測していた僕は、それを聞いた瞬間、張り詰めていた精神の糸がぷつりと切れてしまったようだ。

へなへなと崩れ落ちた僕と一緒に、母も病院の床に座り込む。

「よかった……本当によかったわ……」

母は声を上げて泣いていた。

「うん……うん……」

目の前でこうも盛大に泣かれると、僕のほうでは妙に落ち着いてきてしまった。母親を立たせて待合室の椅子に座らせ、泣き止むのを待って話を聞く。

父は出社直前、玄関先で急に倒れたのだそうだ。母が見送りに出ていたので、すぐさま救急車を呼んだのが功を奏したのか、先ほど意識が戻り、少し話した感じでは、言葉ははっきりしていたという。

「麻痺《まひ》が残るかどうかはまだ……でもあなたがこちらに向かっていると伝えたら喜んでいたわよ」

「本当に?」

ここで思わずそう尋ねてしまったのは、あまりに意外だと思ったからだ。母はびっくりしたように目を見開くと、

「本当よ」

と即答し、まじまじと僕の顔を覗き込んできた。

「なに？」

「……あなたまだ、お父さんのこと、許せてないの？」

低い声で問いかけられ、じっと目を見つめられる。

「別にそういうわけでは……」

少し前までわだかまりは確かにあった。が、今では完全に吹っ切れている。適当に誤魔化しているわけではないと母に説明しようとした僕の声を遮り、母が話しはじめた。

「今更って思うかもしれないけど、お父さん、ずっと後悔していたのよ。あなたのあの……万引きのことで」

「……もういいよ」

フォローなどしてくれなくても、本当にもうこだわっていないのだ、と僕は母を黙らせようとしたのだが、母は頑なに言葉を続けた。

「あのね、あの頃お父さん、大変だったの……言い訳になるからあなたには言うなと止められていたんだけど」

「……え……？」

ただのフォローではなかったのかと眉を顰《ひそ》めた僕に、母は今まで語ったことのない話をしはじめた。

「あの頃……あなたが中学生の頃、お父さん、会社で大変な時期でね」

「役員候補になっていたっていうんだろ？」

それなら知っている、と口を挟んだ僕の横で、

「違うの」

と母が首を横に振る。

「ちょうどあの頃、社内監査でお父さんの部下が多額の横領をしていることが発覚したの。お父さんが一番信頼していた部下だった。私たちが最初に仲人をやった人でね。結局その人が自分が横領した分全額を会社に返すということで会社も表沙汰《ざた》にはしなかったんだけど、監督不行き届きということで、お父さんにもペナルティーがついた。役員になれなかったのはそのためなのよ」

「……そんなことが……」

あったとは、まったく知らなかった、と呟いた僕に母は、

「役員になれなかったことよりね」

と話を続けた。

「お父さんにとってショックだったのは、誰より信頼していた部下に裏切られたことだったの。内部監査の人が横領を指摘した際、自分の部下に限って絶対にあり得ないと言い切った、そのくらいその人を信じていたのよ。その直後にあなたの万引き騒ぎが持ち上がって、お父さん、頭に血が上ってしまった——あとからそう言っていたわ」

母はここで少し黙ると、呆然《ぼうぜん》としていた僕の手に自身の手を重ね、潤んだ目でじっと見つめてきた。

「実の息子まで自分を裏切るのか……そう思ってしまったんですって。少し冷静になれば、あなたが万引きなんてするわけがないと判断できたはずなのに、気づいたときにはあなたを殴ってしまっていたって……」

「…………」

僕の脳裏にはそのとき、父が鬼のような顔で殴りつけてきた、中学時代のあの日のことが蘇《よみがえ》っていた。

『馬鹿者！　馬鹿者!!』

僕の弁明を聞こうともせず、殴り続けた父の目は酷く潤んでいたように思う。あの頃父の身にそんなことが起こっていたなんて、僕はまったく知らなかった。

あれから僕も父を避けたが、父も僕を避けているように感じられた。僕のせいで役員になれなかったことを怒っているのだろうと思っていたが、実際の父の気持ちは違ったということを僕は、続く母の言葉で知った。

「あなたが犯人じゃなかったってことは、すぐに陽大君が教えてくれたの。実の息子を信じないとは親としてどうなんだと、お父さん、本当に悩んでね……あなたが自分を許さないのは当然だ、最も信じてやるべき立場の自分が真っ先に疑ったんだ、嫌われても、そして……憎まれても、仕方がないって」

「…………逆なのかと思ってた」

ぽつり、と言葉が僕の唇から漏れる。

「逆？」

意味がわからない、と母が軽く首を傾げた。

「……僕のせいで、役員になれなかったことを怒っているのかと……お父さんのほうが僕を嫌いなのかと思ってた」

「……息子を嫌う父親なんていないわよ」

母が泣き笑いの顔になり、僕の手をぎゅっと握りしめる。

「……そう……だね」

頷いた僕の頭にふと、亡くなった岡林教授の顔が浮かんだ。

教授もまた、僕の父と同じく、何か事情があって無実の息子を疑ってしまったのかもしれない。そして自分の息子を疑ったことを、本当に後悔していたのかもしれない。

後悔の有無にかかわらず、教授は息子のすべてを受け入れていた。学長選など、教授にとっては息子に比べれば取るに足りないものだった。

息子に正しい道を教えたい。自首をさせたい。罪を自ら認め、償いをしてもらいたい──悲しいことにその思いは、息子には伝わっていなかった。

こうして父の気持ちを知ることができた自分は、幸運だった──心の中で岡林教授に両手を合わせると僕は母に、父の顔が見たい、と告げた。

「ＩＣＵにいるわ。今は眠っていると思うけれど……」

「いいんだ」

とにかく、生きていることをこの目で確かめたい。直視しなくなって数年経つ父の顔を、しっかりとこの目に焼き付けたかった。

きっと僕が思い描く父より、年をとっていることだろう。もしも目を覚ましていたら、最初に僕が父にかけたい言葉は『ごめんなさい』──謝罪だった。

これまでずっと壁を作り続けてしまってごめんなさい。長い間、背を向け続けてしまってごめんなさい。

謝罪のあとには、今の職場の話をしたい。職場の皆がどれだけ心配してくれたか。どれだけ温かく送り出してくれたか。そうだ、森田の話もしたい。彼がどれだけ僕を支えてくれたかを話したい。

会話を持たなくなった長い年月分、僕の身に何が起こっていたかを話したい。父の身に何が起こっていたかを聞いてみたい。

「行こうよ」

自分でも気持ちが昂揚《こうよう》しているのがよくわかった。何年間も疎み続けてきた父親の顔を見るのに——それも、寝ているであろう顔を見るのに、こうも気持ちが高まる自分がなんだか信じられなかった。

一生、背を向けて生きていくだろうと思っていた父と、僕は今、しっかり向き合おうとしている。

父と和解することなど絶対にあり得ないと思っていたが、この世にも、人の気持ちにも『絶対』ということはないんだな、と一人頷く僕の頭に、ぽん、とある考えが浮かんだ。

「あ」

「どうしたの？」

興奮していたと思ったら急に黙り込み、次に小さく声を上げた僕を訝《いぶか》り、母が問いかけてくる。

「なんでもない。行こう」

今は『そのこと』を実行に移すにも、物理的な無理がある。それゆえそっちはひとまず置いておき、まず父に会いに行こう。

笑顔で母を促す僕の脳裏にはそのとき、彼の顔が——森田の顔が浮かんでいた。

結局、ジャカルタには三日間滞在した。

父とも話ができた。開口一番、謝ろうと思っていたのは僕なのに、実際は父のほうから、

「忙しいのにすまなかった」

と謝られてしまった。

幸いなことに言葉にも影響はなかった。軽いしびれを右半身に感じる程度で、麻痺もほとんどなく、後遺症の心配はないという診断結果にほっとした。

二日目の夕方には一般病棟に移ったし、見るからに容態も安定しているしで、三日目の夜中、ジャカルタを発つことにした。

「今度はちゃんと休みをとってくるから」

「……ああ、元気でな」

あれだけ意気込んでいたというのに、三日の間に、父と交わした言葉はそうなかった。いざ話すとなると、二人ともなんだか黙り込んでしまう。ぎこちない沈黙は、だが、あまり不快ではなかった。

何年間も距離を置いていたんだ、仕方ないよなと僕も思っていたし、父も多分、同じ気持ちのように感じられたので、今回はまあ、この程度でよしとすることにした。

父と母に挨拶《あいさつ》をし、一人空港に向かいながら僕は、帰国便を森田にメールした。森田との間で、何度もメールのやりとりをしたし、直接電話で話したのも一度や二度ではなかった。

話はつい長くなりがちになるので、来月の携帯の通話料が怖いとメールに切り替えたが、海外はパケット料金も高いと気づき、慌てて二人して自粛した。

自粛しなければ多分、毎日何通もメールを送ってしまっていたことだろう。僕は三日間病院に詰めているだけだったが、森田は勤務中だったはずだ。もしかして仕事の邪魔になっていたかも、と、今更の反省をしつつ、成田《なりた》には早朝到着するので、その足で警視庁に向かうと打ち送信した。

森田からはすぐに返信があった。疲れているだろうから、明日は休めという。

『係長にも許可をとった。人手も足りているし大丈夫だ』

『別に大丈夫だよ』

とメールするとすぐ、

『休め』

と返信がくる。大丈夫、とまた打とうかと思ったが、通信料が高いのでやめることにした。出勤して森田に怒られればいいかと思ったのだ。

往路では一睡もできなかった上、機内食も喉を通らなかったが、復路は爆睡し、機内食のときに客室乗務員に揺り起こされる始末だった。勿論、食事もとった。

隣の席がジャカルタに駐在している息子に会いにきたというおばあさんだったのだが、食事の注文に戸惑っている彼女に声をかけ、それをきっかけにいろいろな話をした。

今までの僕なら、まあ、注文に手を貸すくらいはしただろうが、そのあと会話まではしなかったはずだ。

他人と関わるのは面倒くさい。そう思い、話しかけるなオーラを放っておばあさんの口を封じただろうに、食事が終わり、飛行機が着陸態勢に入るアナウンスが聞こえてくるまで、ずっと喋り続けていた。

ほんの数日しか経っていないのに、オーバーな言いかたではあるが、なんとなく、世界が違って見えるとでもいうのか、確実に僕の中で何かが変わったのを感じる。父との間に横たわっていたわだかまりが解消したのがその最たる理由だろうが、長年囚われていたトラウマが解消し、ようやく僕は大人としての一歩を歩み出せたのかもしれなかった。

成人して随分経つのに、今頃『大人の一歩』は恥ずかしくはあるが、事実だから仕方がない。自分で言うのもなんだが、勉強ができたことで、周囲も、そして僕自身も自分自身にある程度の評価を与えていたが、中身はなんてことはない、新人の佐々木よりもまだ子供だった。

成田に到着したあと、おばあさんを預けた荷物の引き取り場所まで送っていき、そこで別れた。係の皆への土産の菓子くらいしか荷物のなかった僕に、税関の人は訝しげな目を向けつつも簡単に通してくれたので、すぐさま、到着ロビーへと通じる自動ドアを通る。

成田エクスプレスか、それともリムジンバスかと、時刻表を求めて周囲を見回した僕の耳に、聞き覚えがありすぎる声が響いた。

「結城！」

「え？」

幻聴――にしてはリアルだ、と声のほうを振り返り、とても幻には見えない森田の姿をそこに見出す。

SKYTEAM
SKYTEAM
SKYTEAM
SKYTEAM

「なんで？」

森田は酷くラフな格好をしていた。反射的に時計を見て、既に九時を回っていることを確認する。

仕事はどうした、と言いたい僕の気持ちを察したらしき彼が、先回りした答えを口にする。

「今日、俺、非番なんだ」

「そうだったのか」

「だから迎えに来た」

森田がニッと笑って僕の額の当たりを小突く。

「おかえり、結城」

「……ただいま」

彼の笑顔を前にし、なんだか急に照れくさくなった。頬が赤くなるのが恥ずかしくて俯き、ぼそりと答える。

「それじゃ、帰ろうぜ」

森田はそんな僕に向かい、またニッと笑ってみせたあと、僕の手から土産の入っている紙袋を奪い取った。

「いや、僕は出勤するから」

帰るわけには、と森田の手から紙袋を奪おうとすると、

「もう、休暇届、出しておいたから」

先を歩く森田が肩越しに振り返り、そう笑いかけてくる。

「勝手なこと、するなよな」

これには正直腹が立ち、僕は森田に駆け寄ると彼の肩を摑んだ。

「看病や飛行機での移動に疲れているだろうから一日休めというのは、塙係長の命令でもあるんだぜ」

森田が肩にかかる僕の手を摑み、ぎゅっと握り締めてくる。

温かい手の感触に、どきり、と鼓動が高鳴る。ますます頰に血が上ってきたのがわかり、慌てて僕は彼の手を振り解いた。

「看病っていったって、親父はずっと病院にいたし、そんな、疲れるようなことは正直していないんだ」

「まあいいじゃん。上司が休めっていうんだから休もうぜ。こんなこと、滅多にないんだからさ」

人の好意には甘えることも必要だ、と言いながら森田が僕の背に腕を回す。

「車、買うかな」

「え?」

唐突な発言に、何を言い出したのかと彼を見る。

「せっかく迎えに来たのに、一緒に電車で帰るっていうのも何かと思ってさ」

森田が肩を竦め、悪戯《いたずら》っぽく笑う。

「さすがに覆面は借りられないしな」

「当たり前だろう」

公私混同——というか、それ以前の問題だ、と彼を睨《にら》んだ僕は、続く森田の言葉にまた鼓動を速めさせられることになった。

「送り迎えだけじゃなくさ、非番の日が重なったらたまには車で遠出とかもしたいじゃん」

「…………それは……デート……という意味か?」

問いかけると同時に、ますます頰に血が上ってくる。

「そうだけど?」

頷いた森田は、僕の真っ赤な顔を見て「わ」と驚いたような声を上げた。

「なんだよ」

照れくさい思いを抱きつつも、なんだかからかわれている気がして森田を睨む。

「なんでもない。取りあえず帰ろうぜ」

僕から目を逸らし、早足で歩きはじめた森田の頬が赤いことに僕は気づいた。なんだ、彼も照れているのかと思うと、不思議と自分の『照れ』はおさまってきて、歩調を速め森田の横を歩きはじめる。

「なんか変わったこと、あったか?」

「いや、別に。大きな事件もなかった」

「それはよかった」

「凶悪犯も遠慮してくれたのかもな」

「それはない」

いつものような会話が二人の間で交わされはじめた。が、『いつもの』の前に僕と森田の間では、諍《いさか》いめいたやりとりがあったことを、続く森田の言葉で僕は思い出すこととなった。

「ああ、そうそう、佐々木がいよいよ完全復活だ。まだ足は引きずっているが、松葉杖はつかないですむようになった」

「……そうか……」

今までドキドキと、それこそ心臓が胸から飛び出すんじゃないかというくらいに高鳴っていた鼓動が一瞬止まったような錯覚に僕は陥った。

あんなにも熱かった頬から一気に血の気が引いていくのがわかる。

「お前の抜けた穴を埋めるんだって張り切ってたぞ。皆からはデキが違い過ぎるって弄《いじ》られてたが」

あはは、と笑いながら森田が僕に視線を移す。

「おい、どうした?」

途端に彼が訝しげな声を上げたのは、僕の表情が不自然に強張《こわば》っていたためと思われた。

「いや……なんでも……」

「気分でも悪いのか? 真っ青だぞ?」

首を横に振った僕に、心の底から心配している様子で森田が顔を覗き込んでくる。

「医務室にいこうか? てか医務室ってどこだ? 救護室っつーのか? 空港内にもそういうのあるよな、多分」

「本当に大丈夫だから」

「やっぱり疲れてるんじゃないのか? 飛行機で眠れたか?」

「だから……」

本当に大丈夫なのだ、と僕は今にも医務室だか救護室だかを求めて駆け出しそうな森田の足を止めるために、自分の顔色を青くしたその要因を彼に説明せねばならなくなった。

「気分が悪いわけじゃない。ただ、もうお前とのペアが解消になるのかと思ったら、やっぱりショックだった。それだけだ」

「ペア解消？　いつ？」

森田が素っ頓狂な声を上げる。周囲の人間がびっくりし、振り返るような大きな声には僕も驚き、

「おい」

もう少しトーンを下げて、と注意しようとして――はじめて、おかしいな、と気づいた。

「森田がペアを組んでいたのはもともと佐々木だから、佐々木が復帰したら戻るんじゃないのか？」

「聞いてないぞ。そんなこと。係長にでも言われたのか？」

眉を顰め、問いかけてきた森田だが、僕が、

「いや？」

と否定すると、文字どおり、その場でずっこけた。

「単なる思い込みか？」

呆《あき》れた様子で森田が僕に問いかけてくる。

「思い込みっていうか……森田は佐々木のこと可愛《かわい》がっていたし、佐々木もお前に懐いてるし、僕は佐々木が復活するまでの繋ぎだし……」

「誰が繋ぎって言った？　係長か？」

またも同じ問いを重ねてきた森田は、なぜかにやにやしていた。

「いや」

同じく否定する僕の背に森田の腕が回る。

「自覚があるんだかないんだか知らないけどさ、お前、もしかして佐々木に嫉妬《しっと》した？」

森田がにやついている理由はどうやらそこにあるようだった。

「ああ……多分」

なるほど、あれは嫉妬だったのか、と言われてはじめて気づいた僕は、そういうことか、と頷いたのだが、それを見て森田はまた、酷く驚いた顔をした。

「なに？」

そうも驚くようなことを言った覚えはなく、どうした、と森田を見やる。

「………早く帰ろう」

森田は一瞬何か言いかけたが、ごくりと唾《つば》を飲み込むと、ついさっきも言ったじゃないか、という言葉を口にし、その言葉どおりに物凄い勢いで歩きはじめた。

「どうした？」

「いや、ちょっと理性を保つ自信がなくて」

「？」

尚も意味のわからないことを言いながら、森田が更に足を速める。なんで彼はそうも赤い顔をしているのだろう、と首を傾げつつも僕は促されるままに、森田と共に空港内の通路を駆け抜け成田エクスプレスのホームへと向かったのだった。

# 10

四日ぶりに帰宅すると、室内は僕がびっくりするほど片付いていた。

「お前が？」

他にいないだろうが、まさかと思いつつ森田に尋ねる。

「他に誰が片付けるんだよ」

森田は苦笑し、僕の額を小突いた。

「俺だってやればできるんだ」

「ならいつもやればいいのに」

できるのにやらない、その理由がわからないと言うと森田は、

「お前は本当に可愛くない」

とむくれてしまった。

「ああ、そうか」

こういうところが僕の『配慮に欠ける』部分か、と気づき、改めて森田の顔を覗き込む。

「片付けてくれてありがとう」

「……お前、どうしたの？」

やっぱり熱でもあるんじゃあ、と、お前のほうが失礼だろうと言いたい言葉を森田が口にし、僕の額に掌を当てる。

「いや、なんか人生観、変わったんだ」

「人生観？」

まずは座ろう、と森田は僕を綺麗《きれい》に片付いたリビングへと連れていき、何か飲みたいものはないかと尋ねてくれた。

「今日は休みだからな。朝からビールでもいいぞ」

ふざけた口調でそう告げた森田も僕が、

「じゃあ、ビール」

と言うとは思わなかったようだ。

「やっぱりお前、変だよな」

どうした、と訝りながらも森田は自分の分と僕の分のスーパードライの缶を冷蔵庫から取ってきてくれただけでなく、つまみになる漬け物やチーズも用意してくれた。

「で、人生観が変わったって？」

乾杯、と二人で缶を合わせたあと、森田が僕に問いかけてくる。

「岡林倫太郎を見てるうちに、自分の姿が重なって見えてさ……」

そこから僕は、それまで感じてきたことを全部、森田に説明した。

倫太郎同様、僕もまた、すべてを父のせいにしていなかったかと反省したこと。

その父が倒れたとわかり、謝れないままに終わってしまったらどうしようかと後悔したこと。

動揺する自分に対し、係の皆が親切にしてくれたことが本当に嬉しく、そしてありがたかったこと。

父がなぜ自分を万引き犯と疑ったのか、その理由を知ったこと。

一生、理解し合えないだろうと思っていた父と、今回和解できたこと。

「……今まで僕は、他人《ひと》に対して思いやりの心っていうものを持っていなかったな、と反省した。協調性を単なる馴れ合いだと思ってた。でも違うんだよな」

「…………結城……」

森田は僕の話を、相槌《あいづち》を打つ以外は口を開かず、僕の目を見つめながら真剣な表情で聞き続けてくれていたのだが、ここで僕の名を呼ぶと、手を伸ばし、膝に置いた僕の手を握ってきた。

その手を握り返し、言葉を続ける。

「人は一人じゃ生きていけないものなんだ……この年になってようやくわかった。本当に恥ずかしいことだけれど」

「恥ずかしいことはないし、それに今までだってお前、人を思いやっていたと思うぜ？」

フォローしてくれる森田に、いいんだ、と笑って首を横に振る。

実は僕がまだ午前中だというのにビールを飲もうと思ったのは、これから森田に告げる言葉が、とても素面《しらふ》では言えないような内容であるためだった。

まずは彼の気持ちを確かめないといけないし、その上で提案もしなきゃいけない。どっちをするにも酒の勢いを借りなければとてもできるようなものじゃなかったのだが、酒を飲んだ今でも、切り出すことがなかなかできずにいた。

「本当にそう思ってるよ。ただ、お前は不器用なだけなんだよ」

森田が尚も僕をフォローしてくれようとする。これは森田の思いやりであり、こうした優しさは僕だけに対するものじゃなく、佐々木にも、そして他の係員にも向けられているとわかってはいるが、できることなら僕に対してだけ抱いてほしい気持ちがある。

僕は森田に対してだけ抱いているから、彼もそうあってほしい——そう祈りながら僕は、ようやく思い切りをつけ、ジャカルタにいるときから彼にしようと思っていた話を切り出した。

「森田、あのさ」

「ん？」

いきなり呼びかけたからか、森田が戸惑ったように目を見開く。

「あのさ……」

思い切りをつけたつもりだったが、やはり口にするには随分と勇気がいった。だが、ここで黙るわけにはいかない、と僕は手にしていた缶を一気に空けると、

「おい？」

いきなりなんだ、と目を見開いた彼の手を逆に握り返し、顔を覗き込んだ。

「前に言ったろう？　僕を抱きたいって。あれはまだ有効かな？」

「なにっ？」

なんの脈絡もなく、しかもとんでもない話題をはじめたからか、森田はぎょっとした顔になり、心持ち身体を引いた。

これは拒絶だろうか。もしそうだったとしても、自分の気持ちだけはぶつけておこう、と僕は尚も彼の手を握り、言葉を続けた。

「有効だったら是非お願いしたいんだが」

「ちょ、ちょっと待て」

森田は心底慌てていた。僕の手を振り解き、両手で逆に僕の両肩を摑んでくる。

「お前、どうした？　酔ったか？　それとも熱でもあんのか？」

「酔ってもないし、熱もないと思う」

多分、と告げる僕に森田が、呆然とした顔で呟く。

「じゃあ、俺が夢でも見てんのか？」

「いや、一応これ、現実なんだけど」

夢にされては困る、と訂正を入れる。森田は、はっとしたような顔になったあと、一瞬だけ黙った。

沈黙が二人の間に流れる。

「なんでっ？」

次の瞬間、森田が痛いほどの力で僕の肩を摑み、大きな声で問いかけてきた。

「なんでって？」

なんの理由を求められているのかわからず問い返すと、

「だってお前、絶対いやだって言ってたじゃないか」

森田が彼の疑問を口にする。

「だから人生観が変わったんだよ」

「…………人生観…………」

僕の答えに森田は、やはり呆然とした顔をしていた。意味がわからないのかなと察し、補足説明を試みる。

「一生わかり合うことがないと思っていた父とも和解できたんだから、今まで凝り固まっていた概念を捨てるのもいいかもしれないと思ったんだ。新しい一歩を踏み出すというか……男が男に抱かれるなんて、アイデンティティーが崩壊すると頭から否定していたけれど、もっと柔軟になってもいいんじゃないかと。森田になら、抱かれてもいいかなって」

「…………」

森田はまだ、呆然としている。僕はここで、もしかしてこの表情は『呆然』ではなく『困惑』なんじゃないかという疑いを持った。

最早そのつもりはないのに、今更こんなこと言われても困ってしまう。優しい森田はそれをストレートに言い出すことができず、言葉を選んでいるのではないか。

そんな、気を遣うことはないのだ、と僕は慌てて言葉を足した。

「勿論、森田にその気がなくなったのなら、今の言葉は忘れてくれていい。さっきの話だと、仕事のペアは続けられるみたいだし。同居はどうする？　佐々木と同じアパートに越すか？

僕は別にそれでも……」

「ちょ、ちょっと待て」

森田が慌てた声を上げた、と思った次の瞬間には、僕は彼にきつく抱き締められていた。

「森田？」

「待ておい、嘘《うそ》だろ？　てかやっぱりこれ、夢なのか？」

ぶつぶつと耳元で呟かれる言葉の意味がやはりよくわからない。

「だから一応これは現実で、嘘でもなんでもないんだけど？」

「信じられない！　こんな嬉しいことが現実に起こるのか？」

鼓膜が破れるくらいの大声を上げた森田がまた、ぎゅうっと僕を抱き締めてくる。

「嬉しい……ってことは……」

まだ有効ってことか、と確認をしようとした僕を、森田はいきなり抱き上げた。

「うわっ」

いきなり生まれた高さが呼ぶ恐怖に、思わず森田にしがみつく。森田は僕を抱き直すと、なんでそんなに、と驚くような勢いで寝室へと向かっていった。

「いた」

本人としてはそっとベッドに下ろしたつもりだろうが、相当勢いがついていたので、ちょっと痛みがあった。

「大丈夫か？」

慌てて森田が問いかけてきたが、そのときには彼は僕の上にしっかりのしかかっていた。

「何を焦ってるんだ？」

がっついているといったほうがいいか、と森田を見上げると、

「仕方ないだろう」

森田が怒ったように口を尖《とが》らせる。

「こっちは空港からずっと我慢してきたんだ」

「そうなのか？」

「ああ、お前が可愛いことばかり言うから」

「別に可愛くはないと思うけど……」

喋っている最中もせわしなく森田の手は動き、僕から服を剝《は》ぎ取ろうとする。

「自分で脱ぐけど？」

「そのほうが早いか」

僕の提案を森田はすぐ受け入れ、僕たちはそれぞれに起き上がって、着ている服を脱ぎはじめた。

「しかしまだ、午前中なんだよな……」

朝からこうした行為をするのはいかがなものか、という、常識的な考えが頭を掠《かす》める。

「いいじゃないか。何日も会えなかったんだから」

脱衣の手が止まっていた僕は、既に全裸になっていた森田に押し倒されてしまった。

「何日もって……あ、そうだ」

唇を塞《ふさ》がれそうになり、彼の胸を押しやる。

「なに？」

不満そうに口を尖らせた森田に、『久し振り』になったのは自分にだって責任があるんだぞと僕は思い出させてやった。

「ずっと僕のことを避けてたのは森田じゃないか」

「仕方ないだろ。この先一生、俺に抱かれるなんてあり得ないとまで言われたらさ」

非難したのは僕のほうなのに、その非難に森田は非難で答えた。

「別にお前とセックスすることが最終目標じゃないけどさ、好きだったらやっぱり抱きたいと思うじゃないか。でもお前は死んでも無理だと言う。この先一生、抱き合うことができずに過ごすのかと思ったら、いろいろ考えちゃってさ」

辛かったんだ、と森田は呟き、ぼそりととんでもないことを呟いた。

「悠太《ゆうた》に、男に抱かれるのってどんなもんか、聞きに行ったりもしたんだ。お前が無理なら俺がソッチになるしかないかと思って」

そんなことをしていたとは、と驚き目を見開いた僕に森田は、

「悠太には、相手がお前を抱きたがるとは思えないと言われちゃったけど」

と苦笑してみせた。

「お前を避けたのは、物理的にも気持ち的にも、俺のほうは物凄く近いところにいるつもりだったから、それなのにお前を抱けないことが辛くなったためだった。もしかしたらお前のほうでは、物理的な距離はともかく気持ち的に、距離があるのかもしれないって気にもなってきてさ。男として無理っていうのは、体《てい》の良い言い訳なんじゃないかとか、いやいや、お前はそこまで器用な男じゃないはず、とか、ぐるぐる考えているうちになんだか自分が嫌になってきてしまって……」

「…………え……」

「それで避けてた……だけか?」

よかった、と思わず安堵《あんど》の息を吐き出しながら問いかける。

「『だけ』って?」

「佐々木に乗り換えようとかは、考えなかったんだよな?」

「……なんかお前、さっきから佐々木の名前よく出すけど」

森田が、やれやれ、というように僕を見下ろす。

「俺はあいつに対して、特別な気持ちなんて持ったことないぞ?」

「でも佐々木、顔も態度も可愛いじゃないか」

「アイドル事務所にスカウトされたんだっけ? いや、自分で申し込んだんだったか……って
か、顔、可愛いか?」

そういうふうに見たことがなかった、と首を傾げる森田は、嘘をついているようには見えな
かった。

「可愛いと思う」

「お前、好みとか言うなよな?」

じろ、と睨んできたその顔もとても演技には見えなくて、なんだ、勘違いだったのかと、僕
はまたも安堵の息を吐いた。

「しかしお前が佐々木に嫉妬するとはね」

ふふふ、と気味悪く笑いながら、森田が僕に覆い被《かぶ》さってくる。

「するよ。佐々木、可愛いし」

「もう可愛いって言うなよ」

少々むっとした口調になった森田が唇で塞ぐ。

「ん……」

キスも久々だった。だから、だろうか。やたらとドキドキしてくる。

森田の手が僕がまだ脱いでいなかった下着にかかる。ずりおろしてきたので腰を上げて助けたとき、下肢と下肢が微《かす》かに触れた。

既に森田の雄は熱く、硬くなっている。うわ、と、思わずキスしたまま目線を下ろし、早くも彼が勃起《ぼっき》していることを確認した。

抱かれる——了解したが実際アレが自分に挿入されるのかと思うと、やはり複雑な思いはする。そんな僕の思考を読んだのか、森田がキスを中断し掠《かす》れた声で問いかけてきた。

「臆した？」

「……いや、大丈夫」

臆した、という表現にカチンときたわけではなかった。茶化していたのは僕に『そうだ』と言いやすくするためだということがよくわかったからだ。

何事もはじめて起こす行動には勇気がつきものだ。やってやろうじゃないか、と僕はきっぱりと頷いてみせた。

「無理するなよ？」

それでも表情が硬くなってしまったからか、森田はそう言うと、今度は僕の胸に顔を埋めてきた。

乳首を丹念に舐《な》めながら、もう片方を指先で摘《つま》み上げる。

「ん……っ……んん……っ」

胸への愛撫《あいぶ》に、緊張で強張っていた身体が次第に解れてきた。いつものように鼓動が速まり、腰のあたりからじんわりと快楽の波が肌を覆ってくる。

きゅっと強く抓《つね》り上げられたと同時に、乳首のもう片方に森田が歯を立ててくる。強い刺激を両胸に受けた瞬間、僕の背は大きく仰《の》け反《ぞ》り、唇から堪えきれない高い声が漏れた。

「あぁ……っ」

いつもながら、この『声』はまるで女の子が上げるそれのようで恥ずかしくてたまらず、両手でしっかりと口を塞ぐ。森田はちらと僕を見上げ、気にするな、というように笑うと、執拗《しつよう》に乳首を舐《ねぶ》り続けた。

「……ん……っ……んふ……っ……」

ぞわぞわとした刺激が背筋を上り、堪らず腰を捩《よじ》る。その動きを待っていたかのように森田はずりずりと身体を落としていくと、僕の両脚を開かせ、がっちりホールドしたあとに勃《た》ちかけた雄を咥《くわ》えてきた。

「やっ……」

熱い口内を感じた途端、またも高い声が漏れてしまった。先端に舌を絡めながら、裏筋を指で辿《たど》る彼の、いつもながらの巧みな口淫《こういん》が呼び起こす快楽の波が一気に僕を呑み込み、思考力はほとんどゼロとなった。

「あっ……あぁ……っ……あっ……」

どこか遠いところで響くいやらしい声が自分のものであるという自覚は既になかった。竿を扱き上げながら尿道を舌で抉《えぐ》られ、今にも達してしまいそうになる。

と、そのとき、浮いた腰にすっと手が差し入れられ、後ろに違和感を覚えた。あ、と一瞬我に返り視線をやると、森田が僕を咥えたまま指を後ろへと滑らせ、蕾《つぼみ》をこじ開けようとしている光景が目に飛び込んできた。

「……っ」

うわ、と思ったときには、一気に素に戻ってしまっていた。身体も一瞬にして強張ったのが自分でもわかる。

森田もすぐ察したようで、目を上げ、僕の顔を見上げると、わかった、というように頷いた。

「…………ごめ……？」

ん、と謝ろうとしたが、森田に両脚を抱え上げられ、あれ、と思ってまたも彼を見やった。と、森田は腰を上げさせた僕のそこへと――後ろへと今度は顔を埋めてくるという信じがたい行動に出、僕に驚きの声を上げさせた。

「うそだろっ」

「…………」

それには答えず森田は両手で双丘を割ったかと思うと、押し広げたそこに舌を挿し入れてきた。

「汚い……っ……おい……っ」

そんなところを舐めるなんて、と身体を捩って逃れようとしたが、しっかりと森田に押さえ込まれてしまい、身動きをとることもかなわない。

「やめ……っ」

ろ、と言おうとしたが、ざらりとした舌で内壁を舐られる感触に、びく、と身体が震え、声が喉の奥へと呑み込まれていった。

「…………え……？」

更に押し広げたそこに、舌と共に指が一本挿入される。

当然、強張るかと思ったそこは、唾液《だえき》に濡《ぬ》れた部分に挿《はい》ってきた指を根元まで簡単に呑み込んだ。舌が抜かれ、今度は指が、何かを探すようにゆっくりと中で蠢《うごめ》きはじめた。

正直、気持ちが悪かったが、『気持ちが悪い』だけとはいいきれない変な感触が後ろに芽生えていく。

「あっ」

長い森田の指が、入り口に近いところにあるコリッとした部分を強く押したとき、僕の口から高い声が漏れ、勃ちきった雄の先端からぴゅっと先走りの液が滴った。

「ここか……」

ぼそりと森田が呟きながら、ゆっくりとその部分だけを指で押し続ける。

「……な……なんか……っ」

変、と言おうとした声が掠れた。少し収まっていた鼓動が再びドクドクと脈打ちはじめる。森田がまた尻の肉を摑み、広げた後ろに二本目の指を挿入させてきた。二本の指で間断なくその部分を攻められるうちに、自然と腰が揺れはじめた。

見下ろした先では、森田がじっと視線を僕の後ろに注ぎながら、注意深く指を動かしている。そんな、誰にも見られたことのない――あるほうが問題だが――恥ずかしい部位を凝視されている、そのことにも僕は次第に興奮してきてしまっていた。

そう、僕は今、興奮していた。しかも性的な興奮だ。この腰の揺れは、そして先走りの液が滴る雄の状態は、まさに僕が今、快感を覚えているのだということを自身に、そしてその快楽を与えている森田に伝えていた。

「……っ」

後ろに挿入されていた指がすっと抜かれ、森田が身体を起こす。改めて僕の両脚を抱え上げてきた森田の雄は、『怒張』という言葉がぴったりくるほど、赤黒く、そして逞《たくま》しかった。

あれが入ってくるのか、と思わず凝視してしまった僕に、森田が心配そうに問いかけてくる。

「いくぞ？」

「うん」

多少、臆してはいたが、僕は自分に大丈夫、と言い聞かせ、大きく頷いてみせた。先端が後ろに押し当てられたとき、ぬる、という感触を得、うわ、と思いはしたものの、大丈夫、と再び頷いてみせる。

「いくぞ」

森田が改めて声をかけ、ゆっくりと先端をそこへとめり込ませてきた。

「……っ」

思った以上に質感があることに驚きながらも、できるだけ身体の力を抜き、森田を受け入れようとする。

狭い部分を、かさのはった部分でこじ開けるようにして森田の雄が中に挿ってきた。太い楔《くさび》を打ち込まれるような感覚は、先ほどまで全身に滾《たぎ》っていた『快楽』からは遠くはあったが、少なくとも苦痛はなかった。

多分、森田が僕の身体をいたわりながら、ゆっくりゆっくり腰を進めてくれたおかげだと思う。ようやく二人の下肢がぴた、と重なったとき、どちらの口からも大きな溜め息が漏れたが、それはかなり時間がかかったためと、もう一つ、やっと目的を達成できた、満足感によるものだった。

「はいった……」

ああ、と森田が、感慨深い声を上げ、僕を見下ろし微笑《ほほえ》んでくる。

「……なんか……いいな」

相変わらず後ろには絶大な違和感を覚えていたが、二人が繋がっているこの状態は、気持ちの上では心地よかった。

「うん」

森田は頷いたあと、潤んだ瞳を細め、微笑んできた。

「なんか……感動して泣きそうだ」

「なんで泣くのか……」

わからない、と笑おうとしたのに、なぜか彼の涙を見た途端、僕の胸にも熱いものが込み上げてきた。

「動くよ」

泣いているところを見られまいと顔を背けた僕に、森田が涙に震える声で告げ、よっと声を上げつつ両脚を抱え直す。

最初はゆっくり、次第にスピーディに森田は僕を突き上げてきた。彼の太い雄が内壁を擦り上げ、擦り下ろすうちに摩擦熱が生まれ、やがてその熱が全身へと広がっていく。

「あっ……あぁ……っ……あっ……あっ……あっ……」

違和感はもう姿を消していた。パンパンという高い音が響くほどに、勢いよく腰をぶつけてくる森田の突き上げを受けるうちに僕は、再び押し寄せてきていた快楽の波にしっかり乗り、自らも腰をぶつけていた。

森田の手が僕の片脚を離し、二人の腹の間で勃ちきり、先走りの液にまみれてべたべたになっていた僕の雄を摑んで一気に扱き上げた。

「アーッ」

直接与えられた刺激に僕は簡単に達し、白濁した液を森田の腹へと飛ばしていた。射精を受け、後ろがぎゅっと締まったのがわかる。

「……っ」

それに刺激を受けたのか、森田が低く声を漏らし、僕の上で伸び上がるような姿勢になった。同時にずしりとした重さを中に感じ、僕は彼が達したことを知ったのだった。

　はあ、と大きく息をついたあと、森田が僕を見下ろし微笑みかけてくる。頰が濡れているのは汗なのか、涙なのかわからなかったが、それを見上げる僕の瞳からはしっかり、熱い涙が流れていた。

「……大丈夫か？」

　急に泣いたりしたからだろう。森田がはっとした顔になり、僕に覆い被さってくる。

「辛かったか？　痛かったとか？」

「…………いや…………」

　そうじゃない、と僕は首を横に振った。またも涙がこめかみを伝って流れ落ちる。

「なんか……上手く言えないけど……」

　今の気持ちを告げようとしたが、やはり言葉は出てこなかった。それで僕は先ほどと同じだ、と思いつつ、

「……なんか、いいなと思って」

　とだけ言い、森田を見上げた。

「……お前さあ……」

　森田の目がみるみるうちに潤み、泣き顔を見られたくなかったんだろうか、がばっと僕に覆い被さり、きつく抱き締めてくる。

森田の背に両腕を回すと、彼の身体が微かに震えているのがわかった。彼もまた僕同様、身体も、そして心も、何、と上手く表現できない温かなもので満たされている。そう思っていいんだよな、と森田の背をしっかりと抱き締める。

「俺、今、最高に幸せ」

耳元で森田のくぐもった声がし、彼が一段と強く僕を抱き締め返してきた。

「……ああ、そうか」

この『温かな何か』はきっと、幸福感というものなのだ。察した僕はそれを教えてくれた森田の背を、更にしっかりと抱き締め直したのだった。

翌日、ジャカルタ土産を手に出勤した僕を、係の皆は本当に温かく迎えてくれた。

父との間のわだかまりがとけたことも皆には報告した。

「本当によかったですねえ」

自分のことでもないのに、佐々木は涙ぐんですらいて、森田には叱られるかもしれないが、やっぱり可愛いな、という思いを新たにした。

その佐々木が来月、西多摩《にしたま》署から異動になるベテラン刑事とペアを組むことが決まったという連絡事項が、その日の朝、塙係長からあった。

「……森田とのペア、復活じゃなかったんですか」

安堵しすぎたからだろうか、僕はつい、そう塙係長に尋ねてしまった。途端に場がわっと沸く。

「なんだ、結城、お前、森田とペア解消したいのか？」

「逆だろ？　森田をとられたらどうしようって思ったんだろ？」

皆に囃《はや》し立てられ、

「ち、違いますよ」

と照れまくる。

「うわ！　禁断の三角関係だー」

当事者の佐々木が面白がるのを、

「馬鹿か」

と森田が後頭部を殴り黙らせた。相変わらずツーカーの仲ではあるが、そんな二人を見ても僕の胸に嫉妬心が湧《わ》いてこなかったのは、もしかしたら森田と本当の意味で『繋がった』その恩恵かもしれない。

「まあ、正直な話、森田佐々木のペア復活も考えないでもなかったんだが」

塙係長は、そんな、僕をぎくりとさせる言葉を口にしたあと、にや、と笑いこう続けた。

「暴走するお前を止められるのは森田しかいない……そう思ってな」

「ちょっと待ってください。それ、逆じゃないですか？」

確かに今回、僕は暴走したが、普段暴走するのは森田のほうだ。たった一度の先例で、あたかも僕には森田のフォローが必要だと思われるのはどうにも釈然としない。そう反論すると、

「逆はねえだろ」

と森田があからさまにむっとした顔で言い返してくる。

「僕の暴走はたった一度だ。でもお前の暴走は何回だ？」

「俺は捜査方針無視して突っ走るとか、やったことねえけどな」

「嘘だ。記憶の限り三度はある」

「そんなこと覚えてる暇あったら、もっと有意義なこと覚えろよ」

言い合いをはじめた僕たちに、外野からヤジが飛ぶ。

「喧嘩するほど仲がいいってか？」

「てか、普通覚えてないだろ、暴走した回数とか」

「なんだかコント見てるみたいです！　お二人、息ぴったりですねえ」

ヤジの合間に、佐々木が感心したようにそう言い、羨《うらや》ましそうに僕らを見る。その顔を見た瞬間、自分でも性格悪いな、と思いつつ、僕は嬉しいと感じてしまっていた。

「忘年会では漫才やるぜっ」

佐々木の言葉は森田をも喜ばせたようで、調子に乗った彼がそう言い、僕の肩を抱いてくる。

「誰がするかっ！」

切り返しながらも僕は、肩にしっかりと回された彼の腕の感触を、

「ホントに息、ぴったりだ」

と囃し立てる皆の声を、この上なく好ましいものに感じていた。

# あとがき

はじめまして&こんにちは。愁堂《しゅうどう》れなです。

このたびは二十五冊目のキャラ文庫（クオーターですね！）となりました『捜査一課の色恋沙汰』をお手に取ってくださり、本当にどうもありがとうございました。

こちらは昨年発行の『捜査一課のから騒ぎ』の続編となります。前回、二人が最後まで（笑）いかなかったので、続きを書きたいなと思っていたところ、皆様の応援のおかげでこうして二冊目を発行していただけることになりました。

リクエストくださいました皆様、本当にどうもありがとうございました。

どこかズレてる真面目刑事と、破天荒に見えて実は心配りの鬼の料理上手の刑事、同期コンビのやりとりを、本当に楽しみながら書かせていただきました。

皆様にも少しでも楽しんでいただけるといいなとお祈りしています。

イラストの相葉《あいば》キョウコ先生、今回も本当に萌え萌えの素敵なイラストをどうもありがとうございました。

担当様をはじめ、本書発行に携わってくださいましたすべての皆様にも、この場をお借りしいたしまして心より御礼申し上げます。

最後に何よりこの本をお手に取ってくださいました皆様に御礼申し上げます。

Wユウキの二時間サスペンスチックなラブストーリー、いかがでしたでしょうか。個人的には後輩の昴《すばる》と悠太《ゆうた》がお気に入りです（笑）。よろしかったらお読みになられたご感想をお聞かせくださいね。心よりお待ちしています！

キャラ文庫様での次回のお仕事は、夏頃に文庫を発行していただける予定です。次の本もお手に取っていただけると嬉しいです。

また皆様にお目にかかれますことを切にお祈りしています。

平成二十四年三月吉日

愁堂れな

（公式サイト『シャインズ』http://www.r-shuhdoh.com/）

この本を読んでのご意見、ご感想を編集部までお寄せください。

《あて先》〒105－8055　東京都港区芝大門2－2－1　徳間書店　キャラ編集部気付
「捜査一課の色恋沙汰」係

■初出一覧
捜査一課の色恋沙汰……書き下ろし

Chara

# 捜査一課の色恋沙汰

……【キャラ文庫】

2012年4月30日　初刷

著者　愁堂れな
発行者　川田 修
発行所　株式会社徳間書店
〒105-8055　東京都港区芝大門2-2-1
電話048-451-5960(販売部)
03-5403-4348(編集部)
振替00140-0-44392

印刷・製本　株式会社廣済堂
カバー・口絵
デザイン　間中幸子


ISBN978-4-19-900662-3

# 好評発売中

## 愁堂れなの本「極道の手なずけ方」

イラスト◆和鐵屋匠

RENA SHUHDOH PRESENTS
愁堂れな
イラスト◆和鐵屋匠
極道の手なずけ方
優しいフリには騙されない！
ヤクザに手なずけられてたまるかよ
キャラ文庫

「なんで俺がヤクザに護衛されなきゃなんねーんだよ!?」全国に名を轟《とどろ》かす鬼柳《きりゅう》会組長の息子・樹朗《みきお》の前に現れたのは、若頭補佐の政《まさ》木《き》。勃発寸前の抗争から守りに来たらしい！　ヤクザを嫌う大学生の樹朗は、二十四時間見張られてうんざり。反抗的な樹朗を飄々とかわす政木だけど、ある日ついに態度が一変!!「いい加減にしろガキが」ドスの利いた声音で、無理やり縛って監禁してきて!?

# 好評発売中

## 愁堂れなの本

## 【入院患者は眠らない】

イラスト◆新藤まゆり

契約を取るためには、副院長に抱かれなければならない――。製薬会社の営業の水野《みずの》は、得意先の病院で体の関係を迫られていた。そんなある日、病院で元同級生の大杉《おおすぎ》と偶然の再会！　昔は爽やかな優等生だったのに、今は無精髭のパジャマ姿。しかも、なぜか水野の悩みを見抜き、「逆に脅迫しないか？」と意外な提案をしてきて!?　寝静まった院内を暗躍する入院患者の正体は!?　スリリングラブ♥

# 好評発売中

愁堂れな
イラスト◆高階 佑
法医学者と刑事の本音
あの告白を忘れたとは言わせねえ
いつまで待たせるつもりだよ
キャラ文庫

## 愁堂れなの本

## 【法医学者と刑事の本音】

法医学者と刑事の相性2

イラスト◆高階 佑

法医学者・冬城《ふゆき》の目下の悩みは、警視庁捜査一課の刑事・江夏《えなつ》の告白。無精髭の冴えない外見に反して仕事熱心な男——惹かれているのに素直になれず、「付き合え」という言葉もなかったフリで逢瀬を続けている。ところがある日、自宅付近で身元不明の他殺体が発見!! 現場で久々に会った江夏は、なぜか冬城と目も合わせようとしない。俺に惚れてたのは嘘だったのか…? 動揺する冬城だが!?